rororo

Georg M. Oswald, 1963 in München geboren, lebt dort als Schriftsteller und Rechtsanwalt. Mit seinem Roman «Alles was zählt» gelang ihm auch international der Durchbruch. Außerdem erschienen im Rowohlt Taschenbuch Verlag «Lichtenbergs Fall» (rororo 24049), «Im Himmel» (rororo 23503), «Party Boy» (rororo 24795) und zuletzt «Vom Geist der Gesetze» (rororo 24985). Für sein Werk wurde er mit zahlreichen Preisen ausgezeichnet.

«Ein süffisantes, scharf pointiertes Porträt unserer schönen neuen Business-Welt und ihrer erfolgsgierigen Protagonisten, sehr unterhaltsam geschrieben, mit sprachlichem Drive und cooler Ironie.» (Süddeutsche Zeitung)

«‹Alles was zählt› ist sicher einer der besten Romane des jungen Jahrtausends.» (Die Welt)

«… im literarischen Strafraum der Deutschen eine Rarität; nämlich ein intelligentes, sarkastisches Vergnügen.» (Der Spiegel)

Georg M. Oswald

Alles was zählt

Roman

Rowohlt Taschenbuch Verlag

Veröffentlicht im Rowohlt Taschenbuch Verlag,
Reinbek bei Hamburg, November 2009
Lizenzausgabe mit freundlicher Genehmigung des Carl Hanser Verlags

Umschlaggestaltung any.way, Barbara Hanke / Cordula Schmidt
(Umschlagfoto: Manuela Höfer / Corbis)
Satz aus der Dante PostScript bei Dörlemann Satz, Lemförde
Druck und Bindung Druckerei C. H. Beck, Nördlingen
Printed in Germany
ISBN 978 3 499 25297 6

Drinnen

1.

Jeden Tag gehe ich ins Büro.

Das behaupten Sie wahrscheinlich auch von sich, falls Sie einen Job haben, aber bei mir trifft es zu, denn ich bin auch samstags und, wenn es sein muss, sonntags da. Ich bin stellvertretender Leiter der Abteilung Abwicklung und Verwertung, und ich habe vor, Leiter der Abteilung Abwicklung und Verwertung zu werden. Das würde bedeuten: hundertzwanzigtausend Fixgehalt plus Tantieme plus Dienstwagen (BMW der 3er-Klasse).

Und das wäre gut.

Ich erwache, und Marianne, meine Frau, liegt nicht neben mir, aber ihre Seite des Bettes ist noch warm. Im Fernseher, einem kleinen Sony-Würfel, kommt die Wetterfrau ins Bild. Sie strahlt, als wäre ihr gerade etwas Wunderschönes passiert. Marianne liebt es, gleich nach dem Aufwachen vom Bett aus den Fernseher einzuschalten und dann ins Bad oder in die Küche zu gehen.

Ich drehe mich auf den Bauch und ziehe mir mein Kissen über den Kopf.

Marianne ruft: «Du kannst ins Bad. Ich setz schon mal Kaffee auf.»

Ich drehe mich wieder auf den Rücken und betrachte zuerst die Decke, dann den dünnen, etwas schmutzigen Baumwollvorhang vor dem Fenster. Ich denke: Ja, ich gehöre tatsächlich zu den Leuten, die sich über schmutzige Vorhänge aufregen können. Ich habe mit Marianne darüber gesprochen. Sie hat behauptet, sie könne ihn so oft waschen, wie sie wolle, er sei immer wieder sofort schmutzig, wenn sie ihn aufhängt; es liege daran, dass wir an dieser Straße wohnen. Im Übrigen – mir das zu sagen, hat sie sich nicht nehmen lassen – könne ich mir meine schmutzigen Vorhänge in den Arsch schieben. Sie werden das wahrscheinlich komisch finden – ich nicht.

Unten geht schon der Berufsverkehr. Stau vor der Ampel an der nächsten Kreuzung. Ich stelle mir vor, wie Sie und Ihresgleichen in Ihren Wagen sitzen, noch ein wenig traurig, weil Sie nicht mehr in Ihren Betten sein dürfen, aber auch schon richtig sauer auf den Vordermann.

Ich dusche mich, rasiere mich, kämme mich, ziehe mich an. Ich fange an, ans Büro zu denken.

Marianne hat Angebote für Eigentumswohnungen und Häuser aus der Zeitung ausgeschnitten und erläutert sie mir am Frühstückstisch. Sie merkt, ich höre nicht zu, und fragt mich, woran ich gerade denke. Es ist tatsächlich dieser abgedroschene Comic-Dialog: «Liebling, woran denkst du gerade?» «Ans Büro.»

Sie hat mir die Frage gestellt, also gebe ich die Antwort. Ich sage: «Ans Büro.»

Genauer gesagt, ich denke darüber nach, warum mir Rumenich angekündigt hat, mich heute in der Kosiek-Sache sprechen zu wollen. Ich frage mich, ob es sich vielleicht um eine kleine Intrige handelt, die sich auf meine Position auswirken, meinen Marktwert verändern könnte. Aber es ist nichts, was mich wirklich beschäftigt, nur eine Kleinigkeit.

Marianne und ich geraten von einer Sekunde auf die

nächste in einen erbitterten Streit, weil ich sie – gereizt, wie sie behauptet – gefragt habe, wann ihre Tante Olivia zu Besuch komme. Wie immer bei diesen Streits beschließe ich, mich von ihr scheiden zu lassen. Wir schweigen uns eine Weile feindlich an, finden dann aber irgendwie sehr plötzlich in ein normales Gespräch zurück. Es geht wieder um Immobilien. Ich muss los. Ich sage: «Ich wollte noch was sagen; hab's vergessen. Ich ruf dich an.»

Glauben Sie jetzt nur nicht, meine Tage würden beschissener anfangen als Ihre. Seien Sie einfach ehrlich, dann kann ich mir weitere Worte dazu sparen.

Ich mag meinen täglichen Weg zur Arbeit. Er ist lang genug, um sich auf ihm über die kommenden Dinge klar werden zu können, aber zu kurz, um mich zu langweilen.

Marianne beklagt sich über das Viertel, in dem wir wohnen, es ist ihr zu wenig «repräsentativ». Ich schätze es, weil hier sogenannte einfache Leute wohnen. Die einfachen Leute erkennt man daran, dass sie in den kompliziertesten Verhältnissen leben. Dauernd sind sie mit der Beschaffung von Geld beschäftigt. Und weil sie keine oder keine gutbezahlten Jobs haben, denken sie sich immer neue verhängnisvolle Methoden aus, um an welches zu kommen. Natürlich haben sie keine Ahnung vom Geschäftemachen und lassen sich vom erstbesten dahergelaufenen Betrüger übers Ohr hauen. Ihr Leben ist bestimmt von Schulden und von den Lügen, die sie zu diesen Schulden erfinden müssen. Erste Regel in meinem Geschäft: Wer Schulden hat, lügt. Immer.

In unserem Haus ist ein Fitness-Studio. Das jedenfalls steht an der Tür. Zuerst, als wir hier einzogen, war es in der Hand eines Serben, der Marianne Sonderangebote zum Gebrauch seiner Geräte machte. Er machte sie ihr im Flur, im Lift, auf der Straße, wo immer er ihr über den Weg lief. Ich kenne jemanden, der bei ihm Kunde war. Er berichtete, dass unten an der Bar ständig fünf, sechs Nutten herumhingen und auf Kundschaft warteten. Als der Serbe begriffen hatte, dass meine Frau verheiratet ist – und zwar mit mir –, wechselte er die Taktik. Jetzt gab er den Gentleman, auch in meiner Gegenwart, um zu betonen, dass er keine unlauteren Absichten hege. Im Sommer saßen schwertätowierte Rocker vor seinem Laden. Sie soffen Bier aus Dosen in der Sonne und betrachteten hingebungsvoll ihre verchromten Maschinen, die sie auf dem Bürgersteig geparkt hatten. Sie hatten mit Fitness so viel zu tun wie die Nutten. Aber vielleicht gehörten ja die Nutten irgendwie mit den Rockern zusammen. Was der Serbe mit den Leuten zu tun hatte, weiß ich nicht, er hat es mir nicht erzählt. Einmal traf ich ihn morgens im Lift zusammen mit zwei anderen Typen, und es sah aus, als ob er Ärger hätte. Er war überhaupt nicht höflich oder freundlich zu mir, wie sonst, er sah mich so an, als wolle er sagen: «Wenn du was Schlaues tun willst: halts Maul!»

Ein paar Tage später wurde das Fitness-Studio polizeilich geräumt. Mein Bekannter erzählte mir, es sei um eine Wagenladung unverzollter Jeans an der slowenisch-italienischen Grenze, um illegales Glücksspiel und natürlich um Zuhälterei gegangen. Der Serbe sei flüchtig. Nochmal ein paar Tage später hing ein Schild an der Tür des Studios, ein Pappschild, sorgfältig, aber etwas ungelenk mit rotem Filzstift beschrieben: «Verehrte Kunden! Aus geschäftlichen

Gründen haben wir vorübergehend geschlossen. In ein paar Wochen werden wir neu eröffnen, und dann gibt es eine Super-Gratis-Aktion! Euer Fitness-Team». Die Super-Gratis-Aktion fand natürlich nie statt, und der Serbe ist ebenso natürlich nie wieder aufgetaucht. Sein Nachfolger, ein braungebrannter muskelbepackter Einzeller namens Uwe, hatte *die* Idee überhaupt: Er eröffnete das Wellness-Center «Ladys Only» und sorgte mit diesem genialen Trick dafür, dass er sich vollkommen ungestört seinen Kundinnen widmen konnte.

Gleich neben dem «Ladys Only» ist das «Stilmöbelparadies», in dem nachgemachte Louis-XVI- und Biedermeier-Möbel, mannshohe Zimmerspringbrunnen aus Porzellan, nachgemachtes Tafelsilber, bunte Kristallgläser und was weiß ich noch alles zu horrenden Preisen verhökert werden. Marianne sagt, sie habe noch nie einen Kunden in dem Laden gesehen, und ich habe auch noch nie einen gesehen. Ich wette, der Serbe mit all seinen Nutten, Rockern und Super-Gratis-Aktionen hatte nicht halb so viel Dreck am Stecken wie die unsichtbaren Inhaber dieses phantastischen Stilmöbelparadieses. Es geht um Geldwäsche – entweder Drogen oder Waffen –, da bin ich sicher. Ich weiß, wovon ich rede. Ich kannte den früheren Betreiber dieses Ladens zufällig durch meinen Job. Es handelt sich um eine gewisse Furnituro GmbH, gegen die ein Konkursverfahren läuft. Die Geschäftsführer sind flüchtig, wie das so üblich ist. Aber das weiß hier in der Straße außer mir keiner. Ich habe versucht, gegen sie zu vollstrecken. Leider erfolglos, denn der neue Inhaber des Ladens bestreitet, irgendetwas mit der Furnituro GmbH zu tun zu haben.

An Geschichten wie diesen interessiert mich jedes Detail. Das ist berufsbedingt, denn in meinem Job lernt man, wichtige Informationen daraus zu ziehen. Wissen Sie, was Ihre Nachbarn tun? Natürlich, werden Sie sagen, sie haben es mir doch erzählt. Aber wissen Sie es wirklich? Glauben Sie mir, Sie würden aus dem Staunen nicht herauskommen, wenn Sie wüssten, womit die Leute nebenan *tatsächlich* ihr Geld machen. Und Sie würden Ihre eigenen Schulden lächerlich finden, wenn Sie wüssten, wie viel *die* erst haben.

2.

Ich meine, mich dunkel an einen früheren Zustand der Ruhe zu erinnern, in dem ich keine Ziele verfolgte oder sie auf andere Weise verfolgte, ich weiß nicht, wie ich es ausdrücken soll. Ich spürte meine Gegenwart deutlicher. Heute kommt es vor, dass ich über Wochen nichts empfinde, keine Regung, die wirklich zu mir gehört, die ich als Thomas Schwarz verspüren würde, und doch befinde ich mich die ganze Zeit hindurch in einer Art fliegender Unruhe. «Fliegende Unruhe», ja, so nenne ich das.

In letzter Zeit ist wieder so eine Phase, wo alles zusammenkommt. Stress, Stress, Stress – Sie kennen das.

Ich war dabei, meinen Weg ins Büro zu schildern. Er wird Ihnen auf die eine oder andere Art bekannt vorkommen, darauf wette ich.

Jeden Morgen zünde ich mir, wenn ich an den Mülltonnen des Nachbarhauses vorbeikomme, eine Zigarette an. «Offiziell» habe ich schon vor Jahren aufgehört, aber ich stehe morgens regelmäßig so unter Strom, dass ich ohne Zigarette *sterben* müsste, und zwar sofort.

Eine Gruppe Jugendlicher, so zwischen sechzehn und achtzehn Jahren, kommt mir entgegen. Sie gehen in die Berufsschule nebenan. Es sind außerordentlich interessante Menschen. Sie sind alle aufwändig und teuer gekleidet. Das ist bemerkenswert, denn sie kommen sicher nicht aus Verhältnissen, die es ohne weiteres zulassen, viel Geld für Garderobe auszugeben. Es ist anzunehmen, dass ein beträchtlicher Teil des Einkommens ihrer Eltern für diese Klamotten draufgeht. Einige von ihnen tragen amerikanische Marken-Sportswear und modische Frisuren dazu. Das sind diejenigen, die MTV und Viva sehen. Sie glauben an die Popkultur und bezahlen für das Gefühl, dazuzugehören. Die anderen kleiden sich wie erfolgreiche Menschen in amerikanischen Serien und Filmen. Die Jungs tragen graue einreihige Anzüge mit weißen Hemden und geschmackvollen Krawatten, die Mädchen graue oder dunkelblaue Kostüme. Dazu strenge, aber gutgestylte Frisuren und klassische Schuhe. Soweit alles bestens. Mich fasziniert, wie rührend lebendig diese jungen Menschen ihren Wunsch nach gesellschaftlicher Anerkennung zum Ausdruck bringen. Und ich finde es wirklich beklemmend, dass unter ihnen auch nicht einer ist, dem es gelingen wird, das beschissene Leben in einer Zweizimmerwohnung, das sie ihren Eltern so bitter vorwerfen, hinter sich zu lassen. Woher ich das wissen will? Diese Kinder gehen auf eine Berufsschule, und wer heute auf eine Berufsschule geht, hat bereits verloren, das wissen Sie so gut wie ich. Natürlich, ich weiß, es ist verboten, das laut zu sagen, und wenn einer von tausend es schafft, halbwegs erfolgreich zu sein, deutet jeder auf ihn und ruft: «Seht her! Jeder kann es schaffen!», obwohl gerade dieser eine doch beweist, dass es nicht jeder schaffen kann, dass sich für die neunhundertneunundneunzig anderen der Traum vom Glück unwiderruflich erledigt hat, selbst wenn sie noch weit davon entfernt sind, das auch nur zu ahnen.

Mit derlei Betrachtungen vertreibe ich mir die Zeit auf meinem Weg zur U-Bahn-Station, bis ich am Ausländeramt vorbeikomme, dessen Haupteingang auf der anderen Straßenseite liegt. Er ist jeden Morgen belagert von Hunderten, die da hineinwollen. Was soll ich sagen, Gott sei Dank ist der Haupteingang auf der *anderen* Straßenseite. Die Leute stehen um Papiere an, um Geld, wollen ihren Status legalisieren. Mir soll es recht sein, das geht mich nichts an, sie werden es ohnehin nicht schaffen. Natürlich, wenn ich danach gefragt werde, sage ich auch, das Ausländerproblem müsse auf die eine oder andere Weise gelöst werden. Aber eigentlich sehe ich das nicht. Ich sehe nur die einen, die drin sind, und die anderen, die hineinwollen. Und es müsste schon mit dem Teufel zugehen, wenn die, die drin sind, das nicht zu verhindern wüssten. Also, wo ist das Problem? Ein Verteilungskampf mit klar verteilten Rollen und allen Chancen auf der einen Seite, keinen auf der anderen. Ich sehe zu, dass ich zur U-Bahn hinunterkomme. Es wäre mir unangenehm, wenn einer von ihnen auf die Idee käme, die Straßenseite zu wechseln und mich anzusprechen. Es wäre nur unangenehm, wenn ich mit lästigen Bitten konfrontiert würde, und es würde zu nichts führen.

Die erste wirklich ernst zu nehmende Depression des Tages überfällt mich, wenn ich die vollgekotzten Rolltreppen zum Bahnsteig hinunterfahre, inmitten von diesem *Geschmeiß* von Leuten, die mir mit ihrem schlechten Atem, ihren ungewaschenen Haaren, ihren erzdummen Fressen auf die Pelle rücken, ohne das geringste Empfinden für – Privatsphäre. So ist es doch. In der New Yorker U-Bahn, wo ich es in dieser Hinsicht vollständig unerträglich fand, gab es dennoch etwas, das mir gefiel. Es waren Aufkleber, die «poetry in motion» hießen und an den kleinen, schmalen Werbeflächen über den Fenstern klebten. Einer davon ist mir in Erinnerung geblieben:

Sir, you are tough and I am tough
But who will write who's epitaph

Darunter stand ein Name: Joseph Brodsky. Ein russischer Emigrant und Nobelpreisträger für Literatur, habe ich mir von Marianne sagen lassen. Es gefällt mir, wie er das Grundgesetz jeder menschlichen Begegnung auf so beiläufige Weise in zwei Verse gepackt hat, dass man sogar darüber lachen kann.

Ich schaue einer kleinen dicken Frau, die nach süßem Parfum stinkt, über die Schulter und lese in ihrer Abendzeitung. Als sie es bemerkt, dreht sie sich ein wenig zur Seite und duckt sich über das Gedruckte, damit ich es ihr nicht weglesen kann. Gut so!

Plötzlich gehen mir zwei alte Knacker rechts neben mir auf die Nerven. So ein leptosomer Weißhaariger, mindestens siebzig, sieht aus wie ein in die Jahre gekommener Hochspringer und sülzt über den oberen Rand seines «Spiegels» auf seinen zwei Köpfe kleineren Begleiter herunter, der auch nicht jünger ist.

Er regt sich, wie sollte es anders sein, über den Strafvollzug auf. Viele alte Männer haben eine unerklärliche Leidenschaft für den Strafvollzug. Ist Ihnen das schon einmal aufgefallen? Leider kennen nur sie allein die Methoden, um ihn zu verbessern: die Wiedereinführung der Todesstrafe, des Prangers, des Bocks, der Sippenhaft, des Schuldturms, blablabla. Dieser hier ist allerdings ein gemäßigtes Exemplar, vermutlich ein Intellektueller. Er liest seinem Freund etwas vor: «Dem fünfzehnfach vorbestraften Gefangenen, der sich durch seine Tätowierungen beeinträchtigt fühlt, wird eine Laserbehandlung zuteil, Kostenpunkt: siebzehntausend Mark. Als sportpädagogische Projekte, zu denen Strafgefangene gelegentlich eingeladen werden, weil sie der sozialen Eingliederung dienen, verstehen sich mehrtägige Skitouren und Kanufahrten. Der Vierzehnjährige, der hundertsiebzig Straftaten hinter sich hat, wird mit einem Betreuer auf einen Abenteuerurlaub nach Lateinamerika verschickt, Kostenpunkt: dreiundsiebzigtausend Mark. Andere sind mit einem Segeltörn zu sechzigtausend Mark pro Person dabei.»

Der Kurze fragt den Langen: «Und? Wer schreibt das?»

Der Lange antwortet: «Ein gewisser Enzensberger.»

Der Kurze sagt, recht habe er, wenn er so was höre, müsse sich schließlich irgendwann jeder, der sein Leben anständig verbracht habe, vorkommen wie ein Trottel.

Und die beiden Alten bestätigen es sich gegenseitig, leicht selbstironisch sogar, indem einer von ihnen sagt: «Der Ehrliche ist immer der Dumme.» Das ist der Titel des Buches eines Fernsehmanns, der kürzlich ins Gerede gekommen ist, weil er hunderttausend für einen Dreiminutenauftritt in einem Werbevideo genommen hat – übrigens für die Bank, bei der ich arbeite.

Der Kurze und der Lange unterhalten sich darüber. Der Kurze meint: «Na ja, wenn er die Gelegenheit dazu hat, soll er's machen.»

Das gefällt mir nun wieder. Am Ende sind sie also doch der Meinung, jeder solle zugreifen, wo er kann.

Endlich raus, die Rolltreppen hoch. In der U-Bahn und besonders auf den Bahnsteigen herrscht – morgens mehr als abends – trotz all der grassierenden Hässlichkeit eine Atmosphäre des latent Sexuellen. Noch ist die Erinnerung an die Nacht in den Köpfen frisch, und alle anderen Körper werden zunächst einmal auf ihre Verführbarkeit hin geprüft. Die Körper haben noch nicht begriffen, dass sie unterwegs zur Arbeit sind und Zuchtwahl jetzt irrelevant ist. Plötzlich, vor mir, wieder die beiden Alten. Der Lange sagt: «So früh war ich schon lange nicht mehr unterwegs. Man kommt sich fast vor, als hätte man was zu tun!» Der Kurze lacht. Ich drängle mich zwischen den beiden durch, will ein forsches «Verzeihung!» zwischen den Zähnen hervorpressen, doch es gelingt mir nicht, und stattdessen entfährt mir ein unartikuliertes Knurren, das sie instinktiv ausweichen lässt.

3.

Das Bankenviertel. Prunkvolle Gründerzeitpaläste neben futuristischen Türmen aus glänzendem Stahl und schwarz verspiegeltem Glas um einen kleinen, rechteckigen, sehr gepflegten französischen Park, unter dessen Büschen sich Junkies ihren morgendlichen Schuss über dem Bunsenbrenner aufkochen. Ich kenne viele Großstädte, und in beinahe jeder ist das Bankenviertel auch ein Drogenviertel.

Gibt es dafür einen Grund? Rumenich sagt, die Junkies suchen die Nähe zum Geld. Der Anblick blutiger Spritzen im Rinnstein vor Dienstbeginn verstört die Mitarbeiter – mehr noch die Begegnung mit den Leuten, die sie benutzt haben. Die liegen manchmal einfach auf dem Bürgersteig herum, sodass man über sie drübersteigen muss. Sie sehen einen mit ihrem Tierblick an, glänzende, unnatürlich geweitete Pupillen. Die Polizei bekommt die Lage nicht in den Griff. Von Zeit zu Zeit beschäftigt unser Haus einen privaten Sicherheitsdienst. Schwarzuniformierte Söldner mit Einzelkämpferausbildung und dem Auftrag, den Eingangsbereich sauber zu halten. Die Junkies rotten sich dann am Rand des Parks zusammen. Ab und zu geht einer von ihnen auf Schnorrtour. «SchuligenSiehasichSieanschpreche – – – hammSievielleichwasGelübrich – – – fürwassuessen-KeinScheiß.» Dieses völlig heillose Bemühen um Umgangsformen! Man kommt hierher, um seinen Geschäften nachzugehen, und wird immer wieder mit diesen siechen Lebewesen konfrontiert, die jede Würde verloren haben.

Niemand wünscht ihnen etwas Schlechtes, aber man kann nichts für sie tun. Ihnen zu begegnen ist nichts weiter als eine überflüssige Peinlichkeit, die man sich gerne erspart hätte. Sie sind sowieso erledigt. Selbstverständlich hätte man die Mittel, um gründlich aufzuräumen, das wissen Sie so gut wie ich, aber aus irgendwelchen Gründen ist das nicht opportun.

Das Foyer ist ein bemerkenswert geschmackvolles Gesamtarrangement aus Carrara-Marmor, Chromblenden, Travertin, Spiegelflächen, Glasfronten und tropischen Hydrokulturen, das mir *mein* erstes morgendliches High verschafft. Die dezente Glocke, die die Ankunft des Lifts meldet. Ich betrete seinen verspiegelten Innenraum und stehe vor drei Ansichten eines jungen Geschäftsmannes auf seinem Weg ins Büro: adrett, entschlossen, optimistisch. Die leicht bräunliche Tönung des Spiegels gibt meiner Haut einen noch gesünderen Teint, lässt mich noch jünger, frischer und erfolgreicher aussehen, als ich es ohnehin bin. Die Bank tut alles dafür, dass ihre Mitarbeiter sich wohl fühlen. Sie fordert auch viel von ihnen.

Raus aus dem Lift und den Gang mit den echten Mondrians, Kandinskys und Miros entlang zu meinem Büro! Meine Sekretärin, eine Französin, Madame Farouche, naht mit einem Latte Macchiato auf einem Silbertablett.

Anrufe bitte erst ab zehn. Ich werfe meinen Computer an. Ich spiele ein Spiel. Bitte geben Sie Ihren Nachnamen ein. Bitte geben Sie Ihren Vornamen ein. Bitte warten Sie einen Moment. Linda Sonntag wird sich gleich um Sie kümmern.

Zunächst: Haben Sie Abitur?

Ja.

Besitzen Sie den Abschluss einer Hochschule?

Ja.

Haben Sie einen akademischen Grad in Wirtschaft, Marketing oder Informatik?

Ja.

Was heißt für Sie Erfolg? Ist es der Beruf, das Geld, das Sie verdienen, oder die Macht über andere?

Von allem etwas.

Halten Sie sich eigentlich für extrem ehrgeizig? Antworten Sie nur mit Ja oder Nein.

Ja.

Wenn Sie wählen könnten, wie würden Sie sich entscheiden: (a) für einen schlechtbezahlten Job mit guten Aufstiegschancen oder (b) einen gutbezahlten Job mit schlechten Aufstiegschancen? Wählen Sie nur (a) oder (b).

(a).

In unserem Unternehmen erwarten wir außerordentlich viel von unseren Mitarbeitern. Wären Sie bereit, Überstunden auch am Wochenende ohne zusätzliche Vergütung zu machen?

Ja.

Vielen Dank. Sie bekommen in Kürze eine E-Mail von uns.

Das Spiel heißt «Virtual Corporation. Der gnadenlose Wettlauf um die Führungsspitze!». Im Vorwort des Booklets steht: «Microforum möchte die Gelegenheit nutzen, sich bei Ihnen für den Kauf von Virtual Corporation zu bedanken. Sicherlich werden Sie gerne dieses Spiel einsetzen und die Intrigen und Abenteuer bestehen, die nicht zuletzt (und nicht ausschließlich) auch in den mächtigen Konzernen der Welt zur Tagesordnung gehören. Insbesondere die zahlreichen realitätsnahen Dialoge in dieser nicht allzu fernen Zukunft werden Sie sicherlich an persönliche Erfahrungen erinnern – und Sie vielleicht auch hier und da auf die Realitäten des heutigen Wirtschaftslebens einstimmen. Ziel dieses Spiels ist es, die Präsidentschaft von Pogodyne Systems zu übernehmen. Aber vergessen Sie niemals – it's just a game!»

Sie finden es merkwürdig, dass leitende Angestellte einer Bank am Arbeitsplatz Computerspiele spielen? Dieses Spiel wurde auf Anordnung der Geschäftsleitung auf jedem PC im Haus installiert. Die Mitarbeiter sollen es spielen, zur Stärkung ihres Durchsetzungsvermögens. Damit sie auch noch reale Arbeit leisten, ist das Spiel so programmiert, dass es sich nach einer Viertelstunde von selbst abschaltet.

Ich spiele jeden Morgen ein Level durch und mehre mein virtuelles Vermögen. Dann gehe ich hochmotiviert an die Arbeit.

4.

Zehn Uhr. Madame Farouche kommt mit der ersten Post. Sie ist eine kultivierte, aber nicht sonderlich intelligente Frau. Mit ihrem Mann, der als Ingenieur bei einer Raumfahrtgesellschaft arbeitet, ist sie vor Jahrzehnten nach Deutschland gekommen. Sie spricht unsere Sprache perfekt, nur wer ganz genau hinhört, kann einen Akzent erkennen, der ebenso gut eine unterdrückte dialektale Färbung ihres ansonsten einwandfreien Hochdeutschs sein könnte. Wenn ich sage, sie ist nicht sonderlich intelligent, meine ich das nicht beleidigend. Aber sie arbeitet seit über zehn Jahren in dieser Abteilung und hat sich noch immer nicht mit bestimmten Dingen arrangiert, die unabänderlich sind. Sie kommt mit der Postmappe und macht ihr besorgtes Gesicht. Sie kann sich einfach nicht daran gewöhnen, Briefe von Leuten zu lesen, die gerade dabei sind, unterzugehen. Ich versuche, sie aufzumuntern, und sage, als ich die Mappe in Empfang nehme, jovial: «Sie wissen doch: Wer Hilfe braucht, hat keine verdient!» Sie lächelt gequält, zuckt die Achseln und geht wieder. Sie mag keine Scherze.

Jeden Tag bekomme ich Briefe von Menschen, die untergehen. Pro Monat sind es wahrscheinlich Hunderte. Ich gebe zu, anfangs war ich auch beeindruckt, habe mich mitunter sogar ziemlich elend gefühlt. Aber das hat sich mit der Zeit gelegt. Ich würde nicht behaupten, dass ich abgestumpft bin. Darum geht es gar nicht. Aber ich habe begriffen, dass es auf dem Gebiet, das ich bearbeite, keine unverschuldeten Miseren gibt. Das macht vieles leichter. Ja, was ich zu Madame Farouche gesagt habe, meine ich ganz ernst: Wer Hilfe braucht, hat keine verdient.

Ich bin stellvertretender Leiter der Abteilung Abwicklung und Verwertung. Banker pflegen eine moderate Sprache. Abwicklung und Verwertung, das heißt: Chaos, Nervenzusammenbruch, geschlossene Anstalt, Selbstmord, Mord. Banker sagen: Wir stehen mit dem Kunden in angenehmer Geschäftsbeziehung. Das bedeutet, er zahlt seine Kreditraten pünktlich. Sie sagen: Ein Kredit wird notleidend. Bedeutet: Die Raten werden unregelmäßig oder gar nicht mehr bezahlt. Natürlich wird nicht der Kredit notleidend oder gar die Bank, notleidend wird der Schuldner, der nicht bezahlen kann, aber das ist, bei allem Verständnis für die Situation, verdammt nochmal *sein* Problem. Wenn so ein Kredit lange genug notleidend war, sagen Banker: Das Engagement ist nicht mehr vertretbar. An dieser Stelle kommen wir von der Abteilung Abwicklung und Verwertung ins Spiel. Wir schicken ein sogenanntes Aufforderungsschreiben an den Kunden. Bedeutet: Der Kredit wird fristlos gekündigt und das ganze Geld auf einmal zurückverlangt. Spätestens wenn der Kunde dieses Schreiben erhält, empfindet *er* die Geschäftsverbindung als äußerst unangenehm. Er ruft an und teilt uns das mit. Wir sagen: Sie müssen schon entschuldigen, aber die Enttäuschung ist ganz auf unserer Seite. Wie soll ich denn in vierzehn Tagen – wir setzten aus Kulanzgründen, wie wir es nennen, eine Zahlungsfrist von vierzehn Tagen –, wie soll ich denn in vierzehn Tagen hundert-, hundertfünfzig-, achthunderttausend oder zwölf Millionen – das ist je nach Kredit ganz verschieden – herbringen? Das, sagen wir, wissen wir leider auch nicht. Doch natürlich haben wir vorgesorgt. Als der Kunde noch glaubte, sein Geschäft würde laufen, sah er nur das Geld, das wir hatten und das er brauchte. Natürlich geben wir es Ihnen, sagten wir, Sie brauchen nur hier, hier und hier zu unterschreiben. Die Grundschuld auf Ihr Haus, die Abtretung all Ihrer Forderungen, und diese Bürgschaft unterschreibt bitte die werte Gattin. Gemacht. In Ansehung der Forderung unterwirft sich der Schuldner der sofortigen Zwangsvollstreckung in sein gesamtes Privatvermögen. Die Leute glauben, wir schreiben solche Sachen in unsere Verträge, um uns wichtig zu machen, oder vielleicht zum Spaß. Sie täuschen sich. Aber sie glauben es nicht. Oder sie verstehen es nicht. Doch das ist einerlei, es läuft am Ende immer auf das Gleiche hinaus. Wir verwerten. Heißt im Klartext: Wir pfänden ihnen alles, was sie haben, unter dem Arsch weg, restlos alles. Unsere Sprache unterscheidet sich in einigen Dingen sehr präzise von der der Banker. Wenn ein Kreditsachbearbeiter zu seinem Kunden sagt: «Wenn das so weitergeht, sehe ich mich gezwungen, Ihr Engagement in die Abwicklung zu geben», bedeutet das: «Sie sind ein toter Mann.» Damit ist die Angelegenheit für die Geschäftemacher in unserem Haus erledigt, und wir kommen an die Reihe. Wir sind nicht eigentlich Banker, wir sind die Totengräber in der Branche. Aus dem Tod der anderen haben wir das Beste zu machen.

Wenn ich so darüber nachdenke, finde ich meinen Job wirklich großartig. Er ist wie ein Sport, ich quetsche die Leute aus bis zum letzten Tropfen Blut, und wenn keiner mehr glaubt, dass da noch was geht, schüttle ich ihn kräftig, und siehe da, es kommen noch ein paar. Blut ist hier natürlich eine Metapher für Geld – und Geld für Blut. Das sollte ich mir vielleicht als Leitspruch in meinem Büro aufhängen: «Blut für Geld, Geld für Blut.» Aber ich schätze, es würden sich wenige finden, die meinen Sinn für Humor teilen. Übrigens bin ich mir des Metaphorischen nicht so ganz sicher, denn, wie gesagt, Abwicklung und Verwertung heißt: Chaos, Nervenzusammenbruch, geschlossene Anstalt, Selbstmord, Mord. Mit anderen Worten: *echtes* Blut.

Also zur Post, was haben wir da. Hier zum Beispiel den Brief eines sogenannten Kleinkunden. Fünftausend Mark Kreditsumme. Warum landet das eigentlich auf meinem Tisch? Madame Farouche hat wieder einmal Mutter Teresa gespielt. Wahrscheinlich hat der Absender bei ihr angerufen und sie bekniet, mir sein erschütterndes Schreiben vorzulegen. Ich werde mit ihr sprechen müssen. Was in dem Brief steht, wollen Sie wissen? Nun, das Übliche: seit vierzehn Monaten arbeitslos … Frau will die Scheidung, Kinder sind in psychologischer Behandlung … Versuche, sich selbständig zu machen, sind gescheitert … Mutter hat Krebs … stehen vor dem wirtschaftlichen Ruin … und so weiter und so weiter. Ich will das alles gar nicht wissen, denn Fakt, das entnehme ich der Akte, ist dies: Der Mann hat einen Kredit über fünftausend aufgenommen, um sich eine Wohnzimmerschrankwand mit Fernseher zu kaufen! Ich frage mich, wie er das tun konnte, wo er doch wusste, dass die Firma, bei der er arbeitete, kurz vor der Pleite stand. Das war damals in allen Zeitungen. Hätte er doch nur den Wirtschafts- und nicht den Sportteil gelesen! Bei seinem Gehalt waren schon die Raten eine echte Belastungsprobe. Und jetzt meine Frage an Sie, ganz ehrlich: Was braucht jemand, der mit Frau und zwei Kindern in einer Zweizimmerwohnung lebt und ein mehr als kärgliches Einkommen bezieht, eine Wohnzimmerschrankwand mit Fernseher? Und wenn er sie unbedingt braucht, warum kann er sie sich nicht, wie es sich gehört, vom Mund absparen? Warum muss er zur Bank gehen und sich von ihr fünftausend Mark leihen, die er höchstwahrscheinlich niemals zurückzahlen kann? Um ganz offen zu sprechen, die Antwort interessiert mich überhaupt nicht, sie ist mir komplett egal. Die Bank hat dem Menschen fünftausend geliehen und will sie jetzt zurück – einschließlich der Zinsen, versteht sich. Und ich werde dafür sorgen, dass sie sie wiederbekommt. So einfach ist das. Und jetzt werde ich meine unbelehrbare Madame Farouche hereinrufen und ihr zum tausendsten Mal auseinandersetzen, wie es mit diesen Dingen steht. Geld verleihen – Geld mit Zinsen zurückbekommen; das ist nun mal das Geschäft einer Bank. Und unsere Abteilung kümmert sich um die Zahlungsmoral.

5.

Es wäre gelogen zu behaupten, zwischen Rumenich und mir gäbe es keine Spannungen. Und es wäre auch gelogen zu behaupten, es mache mir nichts aus, dass Rumenich eine Frau ist. Und was für eine. Die Führungsebene in der Bank ist in der Mehrzahl von reaktionären Traditionalisten besetzt, die äußerst ungern leitende Positionen an Frauen vergeben, auch wenn sie keine Gelegenheit auslassen, mit großem Pathos das Gegenteil zu beteuern. Frauen, die sich dennoch durchsetzen wollen, müssen deshalb um einiges aggressiver sein als ihre männlichen Kollegen. Als Rumenich die Abteilung Abwicklung und Verwertung vor einem halben Jahr übernahm, war ich gewarnt.

Sie sieht wirklich außergewöhnlich gut aus, sehr feines, aber scharfkantiges Gesicht, das eine gewisse weibliche Härte ausstrahlt, wenn man das so sagen kann. Sie lacht viel, die kleinen Fältchen in den Augenwinkeln verraten es. Ihr Lachen beginnt in höchster Tonlage und klingt ganz frei, dann verdunkelt es sich zusehends und wird schneidend, schließlich richtet es sich gegen ihren Gesprächspartner wie die Spitze eines Stiletts.

Ihr erstes halbes Jahr hat sie vorwiegend damit verbracht, Leute aus der Abteilung zu entfernen, deren Gegenwart sie für ineffizient hielt. Sie begründet viele ihrer Entscheidungen damit, dieses oder jenes sei «effizient» oder «ineffizient». Mich hat sie bisher in Ruhe gelassen. Einmal, ziemlich am Anfang, hat sie mich vor anderen Kollegen gelobt und gesagt, ich könne meine Arbeit so weitermachen wie bisher. Einige Wochen später sagte sie – wieder vor Kollegen –, sie erwarte mehr Selbständigkeit, insbesondere von den Herren in der zweiten Führungsebene, wobei sie mich ansah. Seitdem bin ich sicher, dass sie mich im Visier hat. Sie greift nicht an, sie beobachtet nur. Das reizt mich, denn ich *fühle* mich beobachtet, ich denke zu viel über mögliche Fehler nach, die mir unterlaufen könnten, und sofort unterlaufen mir welche. Sie merkt das und sagt nichts. Vermutlich führt sie ein Protokoll, mit dem sie mich zu gegebener Zeit konfrontieren wird. Ich habe mir schon öfters überlegt, sie einmal offen darauf anzusprechen. Aber wenn sie wirklich vorhat, mich abzuschießen, würde ich ihr damit einen allzu großen Gefallen tun. Ich nehme ihr das übel. Sie quält mich ein bisschen, aber so geschickt, dass ich ihr nichts nachweisen kann. Deshalb wurde ich sofort unangenehm nervös, als sie mich wegen der Kosiek-Sache ansprach. Ich bemühe mich, diesen atmosphärischen Dingen, die sich im Ungefähren abspielen, so wenig Bedeutung wie möglich einzuräumen. Was ist schließlich schon vorgefallen bisher?

Endlich kommt ihr Anruf. Natürlich hat sie nicht einfach zum Hörer gegriffen und meine Nummer gewählt. Ihre Sekretärin hat meine Sekretärin angerufen und ihr gesagt, Rumenich wolle mich sprechen, woraufhin meine Sekretärin mich mit ihrer Sekretärin verbunden hat, die mich in herablassendem Ton hat wissen lassen: «Einen Augenblick. Frau Rumenich will Sie sprechen», um mich dann auf die Warteschleife zu schalten. Minutenlang lausche ich einer abscheulichen Einspielung von Vivaldis «Vier Jahreszeiten», bis sie sich meldet, mit einem kurzen, hochfahrenden «Ja!», als hätte ich sie gerade aus einer Arbeit gerissen, die weit wichtiger ist, als es mein Anliegen je sein könnte.

«Thomas Schwarz hier. Sie haben mich angerufen ...»

«Ach ja, wegen der Kosiek-Sache ...»

«Ja ...?»

«Finden Sie nicht, es wäre an der Zeit, einmal darüber zu reden? Das müsste doch in Ihrem Interesse sein. Ist doch Ihr Verantwortungsbereich.»

Das sehe ich ganz anders, aber ich widerspreche nicht. Ich will sie nicht aufregen. Ich sage:

«Ja, selbstverständlich.»

Sie nennt mir einen Termin, zu dem ich mich «mit meinen Unterlagen» in ihrem Büro einfinden soll.

Worum es geht, bei der Kosiek-Sache? Gute Frage. Kann niemand so richtig beantworten. Ich erscheine pünktlich zum Termin.

«Es handelt sich um eine äußerst komplexe Angelegenheit», sagt Rumenich und bietet mir einen Stuhl an, der circa dreißig Zentimeter niedriger ist als ihrer. Wie ein Kind recke ich das Kinn über die Kante ihres Schreibtischs.

«Finden Sie das nicht lächerlich?», frage ich sie.

«Die Kosiek-Sache?», fragt sie mit hochgezogenen Brauen.

«Den Stuhl.»

«Nein, aber Sie finden rechts unter der Sitzfläche einen Hebel, mit dem Sie eine Hydraulik in Bewegung setzen können, falls Sie das möchten», sagt sie in völlig neutralem Ton, um mir bewusst zu machen, dass sie es komplett lächerlich fände, die Situation wie auch immer symbolisch zu interpretieren.

Begleitet von einem leisen Zischlaut, fahre ich etwa zwanzig Zentimeter höher.

«Können wir jetzt?»

Rumenich deutet auf einen Stapel Akten neben sich.

«Alles Kosiek.»

Ich weiß das. Ich weiß auch, dass dieser Stapel nur einen Bruchteil aller Kosiek-Akten darstellt. Ich antworte: «Mmh.»

Rumenich dringt in mich: «Herr *Schwarz,* Sie *bearbeiten* doch die Angelegenheit. Wie schätzen *Sie* sie ein?»

Sie geht ziemlich hart ran. Die Kosiek-Sache hat ein paar Facetten zu viel, als dass man sie in ein paar Sätzen beurteilen könnte – und Rumenich weiß das sehr gut. Außerdem: Jeder in unserer Abteilung ist irgendwie für die Kosiek-Sache zuständig. Schon als ich vor vier Jahren hier anfing, hat es sie gegeben, und auch ältere Kollegen, die zehn oder sogar zwanzig Jahre hier sind, kennen sie nicht von Beginn an. Auch sie waren immer nur mit Teilbereichen davon betraut. Keiner hat wirklich den Überblick, schon gar nicht Rumenich, die manchmal in Panik gerät, wie möglicherweise heute wieder, und dann wünscht, dass einer kommt und die ganze Sache mit einem einzigen genialen Handstreich löst. Aber es kann leider keinen genialen Handstreich geben, dafür ist alles viel zu kompliziert. Soweit ich weiß, war Kosiek ein Baulöwe, der in den fünfziger Jahren ein Immobilienimperium aus unzähligen Gesellschaften, die unzählige Immobilien hielten, errichtet hatte, und zwar ausschließlich mit Krediten unserer Bank. Das Volumen der gesamten Unternehmung betrug weit über eine Milliarde. Irgendwann, in einer Hochzinsphase, riss seine ohnehin immer ziemlich dünne Kapitaldecke, und die Bank wollte nicht mehr mitspielen. Sie stieg aus. Es gab Anträge auf Zwangsversteigerungen, Konkurse, Zwangsvergleiche. Einige Verfahren dauern mittlerweile über zwanzig Jahre. Niemand weiß, wie viel Geld die Bank bei der Geschichte insgesamt verloren hat. Nun wäre – einmal den schlimmsten Fall unterstellt – selbst der Verlust einer Milliarde nicht wirklich bedeutend für die Bank. Die uneinbringlichen Kredite sind als endgültige Verluste längst steuermindernd abgeschrieben. Aber das ist natürlich kein Argument, das man ernsthaft anführen könnte. Defätisten haben auch in einer Bank nichts zu erwarten. Es geht darum, zu retten, was zu retten ist. Im Übrigen empfiehlt sich der Mitarbeiter mit Führungsanspruch gerade durch die disziplinierte Erfüllung besonders unsinniger Aufgaben. Wenn Sie glauben, ich wolle ironisch sein, täuschen Sie sich. Es ist gut möglich – sogar wahrscheinlich –, dass einem Mitarbeiter, der mit der Kosiek-Sache befasst ist und der einen Fehler macht, plötzlich vorgeworfen wird, er allein habe die ganze fehlende Milliarde zu verantworten. Und was dann passiert, können Sie sich vorstellen – oder vielleicht auch nicht.

Junge Mitarbeiter hören von der Kosiek-Sache und sind sofort ganz scharf drauf, weil sie sich profilieren wollen. Aber sie sehen bald ein, dass man sich damit keine Sporen verdienen kann. Auch Rumenich will sich hervortun, sie will in einem Jahr vom Tisch bekommen, was ihr Vorgänger fünfzehn Jahre vor sich hergeschoben hat, denn sie will sich bei der Geschäftsleitung beliebt machen. Aber jeder in der Abteilung weiß, dass es nur Unglück bringt, an der Kosiek-Sache herumzudoktern. Sie sagen, solange man nicht in der Scheiße rührt, stinkt sie nicht. Und sie haben recht.

«Sicher ist hier schon vor unser beider Zeit einiges versäumt worden.»

Ich versuche es mit einem verbindlichen Lächeln, aber sie geht nicht darauf ein.

«Ich sehe ganz offen gestanden nicht, dass ich die alleinige Verantwortung dafür trage …» Rumenich sieht mich bohrend an und schweigt. Eine Weile kann ich ihren Blick erwidern, dann muss ich zu Boden schauen. So lange wartet sie ab, erst dann fährt sie fort:

«Ich verlasse mich auf Sie, Herr Schwarz.»

Auf dem Weg zurück zu meinem Schreibtisch ist mir elend zumute. Warum ausgerechnet ich?, frage ich mich. Die Antworten, die ich finde, sind alles andere als beruhigend. Geht es ab jetzt darum, meinen Job zu retten? Eigentlich wollte ich in diesem Jahr Leiter der Abteilung Abwicklung und Verwertung werden. Dann haben sie mir Rumenich vor die Nase gesetzt. Ursprünglich hieß es, nur für drei Monate. Die Zeit ist längst abgelaufen, und von einer Interimslösung ist nicht mehr die Rede. Natürlich hat mir keiner je zugesagt, dass ich befördert würde. Aber wenn man stellvertretender Abteilungsleiter ist, ist es doch nur logisch, dass man irgendwann Abteilungsleiter wird, oder? Ich muss dringend sehen, was ich in der Kosiek-Sache tun kann.

6.

Mariannes Tante kommt für ein Wochenende zu Besuch, und ich habe mich nach tagelangen Streits bereit erklärt, samstags und sonntags wenigstens während der Nachmittage zur Verfügung zu stehen. Eigentlich ist an Mariannes Tante gar nichts auszusetzen, aber ich tue mich nun mal schwer im Umgang mit älteren Leuten. Das hat noch nichts mit dem Alter zu tun, sondern mit der ganz speziellen *Generation,* der sie angehört. Sie kommt mit dem Zug, ich erwarte sie am Bahnsteig, Marianne ist zu Hause und räumt die Wohnung auf, bereitet einen Begrüßungscocktail vor. Der Aufwand, den Marianne treibt, scheint mir arg übertrieben. Sie sagt dagegen, sie wolle es eben «schön machen», wenn ihre Tante komme. Und genau dieses «Schöne», das da «gemacht» wird, ertrage ich ganz und gar nicht.

Ich entdecke Olivia sofort, als sie aus dem Zug steigt, gehe auf sie zu, wir begrüßen uns mit einer herzlichen Umarmung, ich nehme ihr das Gepäck ab. Auf dem Weg zum Parkplatz erzählt sie von ihrem Mann, der gerade in Bolivien einen Kongress eröffnet, er ist Professor für Kieferchirurgie.

Wir kommen bei unserem Auto an, Marianne und ich fahren einen japanischen Kleinwagen, einen Subaru, billig, sparsam im Verbrauch und völlig ausreichend für die Stadt. Aber jetzt ist er mir peinlich, Olivias Reisetasche passt nur mit knapper Not in den Kofferraum, sie selbst zwängt sich mit sichtlicher Mühe auf den Beifahrersitz. Sie würde niemals irgendeine Bemerkung machen, noch nicht einmal im Scherz, dafür ist sie zu taktvoll. Ich frage mich: Warum fahren wir keinen Benz, den wir uns doch eigentlich leisten könnten? Wir wollten abwarten, bis ich befördert werde, dann bekomme ich den BMW als Dienstwagen. Aber das ist nur ein Teil der Wahrheit. Wir haben Angst, so viel Geld für ein Auto auszugeben. Warum eigentlich? Ich habe unseren relativen Wohlstand immer als sehr vorläufig betrachtet.

Für Olivia hat das kleine Auto «Charme», glaube ich, wenigstens bemüht sie sich, die Sache so zu sehen, da bin ich mir sicher.

Sie fragt kurz, wie es uns so geht, ich gebe eine nichtssagende Antwort, das heißt, ich sage: «Sehr gut! Danke!», und dann fängt sie sofort wieder an zu erzählen, während ich sie mehr oder weniger stumm durch die Straßen fahre.

Ihr Mann, der Kieferchirurg, hat eine neue Operationsmethode entwickelt, die es erlaubt, zertrümmerte Gebisse von Unfallopfern weitgehend wiederherzustellen. Zurzeit reist er um die Welt, um seine Arbeit auf Fachkongressen vorzustellen und bekannt zu machen. Olivia hat ihn nach Amsterdam, New York und Kairo begleitet, sich jetzt aber entschlossen, den Sommer zu Hause zu verbringen. Ihr Mann kommt mindestens alle vierzehn Tage nach Hause und bringt aufregende Geschichten und Geschenke aus fernen Ländern mit. Sie laden dann ihre Freunde ein, Professoren, Schriftsteller, Intellektuelle, Industrielle und weiß der Henker was noch alles, um nette kleine Feste zu feiern.

Olivia erzählt gerne, wie klein und bescheiden ihr gemeinsames Leben anfing, damals in den sechziger Jahren. Die Eineinhalbzimmerwohnung, die sie zu dritt bewohnten, das Etagenklo, das spärliche Assistentengehalt ihres jungen Ehemannes, der gerade promovierte und dem schon damals eine brillante wissenschaftliche Begabung bescheinigt wurde. Später dann die ersten beruflichen Erfolge, das erste richtige Geld, bald darauf das erste Haus, vier Kinder, die sich natürlich alle glänzend machten. Ach ja, die Kinder. Mit welcher Hingabe ihre musischen Qualitäten gefördert wurden. Alle lernten sie Instrumente, bei Familienfesten wurden Sextette gegeben, auf nahezu professionellem Niveau. Heutzutage, nachdem die Kinder außer Haus sind, wird weniger musiziert, aber wenn die Familie zusammenkommt, sind immer schnell auch Freunde da, die ein nicht weniger geglücktes Leben vorzuweisen haben. Ich war schon einige Male bei solchen Treffen dabei. Es herrscht eine heitere, weltoffene, irgendwie geistige Atmosphäre, dauernd hört man Satzfetzen wie: «Ach ja, und dann hat er tatsächlich den Ruf nach Yale gekriegt», «Deinen jüngsten Veröffentlichungen nach zu schließen, siehst du das nicht anders als ich», «Unser Jüngster ist gerade dabei, den Sprung in die Landesauswahl im Fußball zu schaffen. Aber bei seinen mathematischen Fähigkeiten – er ist seit Jahren der Beste in der Klasse – hoffen wir natürlich, dass er nicht beim Sport hängen bleibt», und so weiter und so fort.

Ich sitze grün vor Neid in der Ecke und spüre, was für ein Plebejer ich bin. Wenn ich gefragt werde, was ich mache, schäme ich mich dafür. Ein entgeisterter Philosophieprofessor, dem ich erläuterte, worin meine Arbeit besteht, sagte nahezu flüsternd vor sich hin: «Oh, das ist ja weniger erfreulich.»

Überflüssig zu erwähnen, dass von diesen Leuten keiner auch nur die geringsten Geldsorgen hat, abgesehen von Anlageproblemen und Steuern natürlich. Mehr als einmal schon habe ich dort im Zusammenhang mit meinem Beruf den Spruch «Klar, muss es auch geben» gehört.

Es ist nicht viel anders, als würde ich sagen, ich sei Gefängnisdirektor. Man würde sich zwar vollkommen einig sein, dass es das «auch geben» müsse, aber ein wenig würde man mich doch auch selbst als eine Art Verbrecher betrachten, weil ich den ganzen Tag im Gefängnis verbringe.

Aber das viel Entscheidendere ist, dass mein Beruf nichts Geistiges an sich hat, nichts, was dem Wohl der Menschheit dient, nichts, was die Welt besser macht. Zerfetzte Kiefer wieder zusammenflicken, das hat einen Sinn! Alle künstlerischen und sozialen Berufe sowieso! Hingegen Geld für eine Bank eintreiben – das ist wirklich das Letzte.

Für Marianne liegen die Dinge nur unwesentlich besser. Als Werberin ist sie zwar «kreativ», aber eben auch für Geld, für die Industrie, nicht für das Höhere.

Das eigentliche Rätsel ist für mich, wie es dieser Generation gelungen ist, sich ein Leben lang in todsicheren Jobs ein ungeheueres Vermögen zu verdienen und das für die allergrößte Selbstverständlichkeit zu halten. Nie habe ich von diesen Leuten einen Satz des Zweifels gehört – des Zweifels an sich selbst, meine ich –, nie eine Anspielung auf ihr unverschämtes Glück. Sie sind einfach der Meinung, dass ihnen dieser Reichtum zusteht wie ein Naturrecht, dass er lediglich ihren hervorragenden Fähigkeiten zu danken ist und sie ihn deshalb ganz selbstverständlich und buchstäblich verdient haben.

In Wahrheit hat freilich noch nie irgendjemand irgendetwas verdient, sondern immer nur bekommen. Ich habe auch schon einige von *ihren* Leuten untergehen sehen – allerdings wenige. Und die konnten auch nichts «dafür».

Olivia bewegt sich in ihrem schicken Sommerkleid – modern und doch passend zu ihr als Sechzigjähriger – mit dieser Selbstgewissheit, die deutlich zu unterscheiden ist von Selbstherrlichkeit, und die einen wiederum neidisch machen kann. Wir stehen auf dem Balkon unserer Wohnung und sprechen über die Gegend. Ich deute auf die Geschäfte in der Ladenzeile gegenüber und gebe meine Prognosen ab, wann welches pleitegehen wird. Sie sagt, die Leute täten ihr leid. Das ist nett von ihr, aber ebenso bedeutungslos, wie wenn sie sagen würde, sie täten ihr *nicht* leid. Doch natürlich hört es sich besser an.

Wir haben ein ausgezeichnetes Abendessen zu dritt, das Marianne zubereitet hat. Drei Gänge, dazu köstlichen französischen Rotwein. Olivia hat eine Klassik-CD mitgebracht, die in der «Zeit» empfohlen war, sie schafft einen stilvollen Hintergrund. Marianne hat einen Kerzenlüster aufgestellt, der sonst nie von uns benutzt wird, und es gelingt mir, mich für zwei, drei Stunden als Teil dieser perfekt funktionierenden, so wunderbar harmonischen und immer neuen Sinn gebärenden Welt Olivias zu fühlen, die so großzügig ist, uns an ihrer Lebensfreude Anteil haben zu lassen. Danke, Olivia, danke!

Als ich im Bett liege, besoffen vom schweren Rotwein,

fällt mir Rumenich wieder ein, die Kosiek-Sache, die ich für diesen Abend tatsächlich vergessen hatte. Mein Leben kommt mir mickrig vor, ich selbst komme mir mickrig vor, ich wäre gern ein Professor für irgendetwas und würde wichtige Vorträge an fernen Universitäten halten. Hoffentlich kommt Olivia nicht so bald wieder zu Besuch.

7.

Die Bauspargesellschaft unseres Bankhauses schenkte mir letztes Jahr zu Weihnachten das Buch «Heute ist ein schöner Tag». Jeder Bausparkunde, dessen Ansparsumme fünfzigtausend übersteigt, bekommt es. Für jeden Tag des Jahres hält es einen Sinnspruch parat. Sie sind simpel und neigen dazu, die Intelligenz des Lesers zu beleidigen. Ich lese sie, wenn es mir schlechtgeht. Einer lautet: «Du bist ein außergewöhnlicher Mensch und weißt, dass der heutige Tag für dich erfolgreich sein wird. Freue dich darauf.» Ich frage mich: Sind alle Bausparer mit einer Ansparsumme über fünfzigtausend außergewöhnliche Menschen? Was für eine atemberaubende Vorstellung: Abertausende Bausparer sitzen abends in ihren Betten und lesen sich vor: «Du bist ein außergewöhnlicher Mensch …»

Sind Sie außergewöhnlich? Begründet nicht gerade die Tatsache, dass jeder in einem buchstäblichen Sinn einzigartig ist, Ihre und meine unabänderliche Gewöhnlichkeit?

Ich gebe zu, es ist purer Masochismus, der mich immer wieder zu diesem idiotischen Buch zurücktreibt. Ich finde es praktisch, dass mich mein Arbeitgeber mit derart erbaulicher Lektüre versorgt, ich finde überhaupt alles daran gut. Dass es so dünn ist, dass viele meiner Kollegen es auch haben und darin lesen, dass es so positiv ist – «Du wünschst dir eine neue Arbeit? Gehe mit frischem Elan an deine jetzige, und sie wird dir wie neu erscheinen!» –, dass es wirklich die ganze Welt erklärt – die *ganze* Welt! –, und zwar mit nur einer einzigen Unterweisung: Denke positiv! Ich liebe dieses Buch, denn es ist dazu geschaffen, mich von der Bürde der Individualität zu befreien, das spüre ich ganz genau. Ich gehe in die Bank, ich vollstrecke, und wenn ich das ordentlich mache, ist mein Leben glücklich. Marianne hat mich zuerst ausgelacht, als sie mich mit diesem Buch erwischt hat, aber inzwischen finde ich es immer häufiger auf ihrem Nachttisch. Auch sie kann offensichtlich seinem Charme nicht widerstehen.

Ich spüre, dass unsere Ehe in Gefahr ist, ohne erklären zu können, wieso. Es wäre mir nur recht, wenn mein Buch auch dafür eine elegante Lösung parat hätte. Es sagt:

«Der Sieger sieht Niederlagen und Probleme als Herausforderung. Beginne, auch das Scheitern zu mögen.»

Einstweilen muss ich mich um meine Arbeit kümmern.

Besprechungstermin im Konferenzraum der Bank mit Rumenich, Bellmann und einigen anderen. Der Kunde Findeisen ist auch dabei. Was für eine Knallcharge. Nicht zu glauben, dass sich die Bank das fünf Jahre lang angesehen hat. Hat Schulden über Schulden, der Mann, und sitzt da in den teuersten Klamotten, mit lindgrünem Handy in der Einstecktasche und rotem Ferrari vor der Tür. Für den Ferrari hassen ihn die Kreditsachbearbeiter besonders. Rumenich eröffnet das Gespräch ohne Präliminarien mit einem knallharten Schwinger: «Wir haben lange zugesehen, Herr Findeisen, lange. Und jetzt ist Schluss.»

Findeisen hat Schweißperlen auf der Stirn, er weiß natürlich, dass er heute nicht zum Kaffeetrinken eingeladen worden ist. Aber er hofft, einen weiteren Aufschub herausholen zu können. Bisher hat es doch auch immer geklappt.

«Geben Sie mir doch wenigstens die vierhunderttausend. Noch bis nächsten Monat, dann kann ich die Handwerker bezahlen und die nächste Bauphase beginnen.»

Rumenich sagt kalt: «Keinen Nachschuss mehr, keinen Aufschub. Schluss. Mit dem, was wir Ihnen gegeben haben, müssten Sie längst fertig sein. Wo ist unser *Geld*?»

Findeisen hat «im Osten» investiert und einen Haufen Geld verloren. Er hatte mir alle möglichen Pläne gezeigt. In einer Gegend irgendwo östlich von Berlin, «auf der grünen Wiese», wie er immer wieder stolz geschrien hatte, sollte eine herrliche Wohnanlage aus vierzehn identischen achtstöckigen Blöcken entstehen, eine «Supermarkt-Arena» und etliche andere Einrichtungen, deren Zweck ich nur unklar begriff. Ich kannte die Hintergründe nicht, ich wusste nur, dass Findeisens Finanzierungen geplatzt waren und jede einzelne Mark, die er in die Sache gesteckt hatte, weg war. Findeisen fasste das als Undank «dieser Scheiß-Ossis» auf, wie er sagte, denn er sprach, wenn er von Ostdeutschen sprach, ohne Ausnahme von «diesen Scheiß-Ossis». Sie waren nämlich an seinen Häusern nicht interessiert, sie hatten sogar eine Bürgerinitiative gegen ihren Bau organisiert, sie wollten keine neuen Plattenbauten, sagten sie. Die Leute, die dieses windige Konzept in der Bank mitgetragen hatten, haben natürlich inzwischen auch ihren Ärger, also wollen sie Findeisen hängen sehen.

Figuren wie Findeisen haben es wirklich nicht leicht. Keiner mag sie. Aber jetzt, so wie er da sitzt, Rumenich anfleht, immer unappetitlicher schwitzt und sicher bald in sämtliche Einzelteile zerfällt, könnte er mir sogar beinahe ein bisschen leidtun. Er trägt, man will es nicht für möglich halten, hautfarbene Seidensocken zu kastanienbraunen Slippern. Findeisens Adern auf der Stirn schwellen, sie sind dick wie Zweige, sein Kopf ist dunkelrot. Es könnte sein, dass er an Ort und Stelle stirbt, tut es dann aber doch nicht. Fünf-, sechsmal bettelt er Rumenich an, wie ein Hund sein Frauchen, aber das Frauchen sagt lächelnd: «Rien ne va plus.» Findeisen geht. Die Chancen, dass er sich umbringt, stehen tatsächlich nicht schlecht.

Auf dem Weg zurück in unsere Büros klopft mir Bellmann gutgelaunt auf die Schulter und sagt: «Der Sieger sieht Niederlagen und Probleme als Herausforderung. Beginne, auch das Scheitern zu mögen.»

Ich lache verblüfft und betrauere im Stillen, dass ich Bellmann, was die Lektüre angeht, offenbar keinen Zentimeter voraus bin.

8.

Olivias Besuch hat mir – wie jedes Mal – zu denken gegeben. Ich denke über mein Leben nach und hole, um mich zu trösten, meine Bewerbungsunterlagen aus der Schreibtischschublade im Büro hervor. Seht her, hier geht alles mit rechten Dingen zu! Erstklassige Referenzen! Zeugnisse und Beurteilungen, die sich sehen lassen können! All diese Papiere weisen mich mit Stempel und Unterschrift als Hoffnungsträger aus, als ein Geschöpf, in das zeitlebens investiert wurde, auf das diese Gesellschaft setzt! Wirklich, wer das liest, muss zugeben, mein Leben ist in geordneten Bahnen verlaufen – und mehr als das, ich habe es mit meinen fünfunddreißig Jahren zu was gebracht.

Das, was ich als «Lebenslauf» hier vor mir liegen habe, dokumentiert eine begrüßenswerte Anpassungsfähigkeit, eine leicht überdurchschnittliche Intelligenz und im Übrigen diejenige Mischung aus Bedachtsamkeit und Fleiß, wie sie aus derlei Unterlagen idealerweise sprechen soll. «Weiße Flecken» – man sollte in diesem Zusammenhang treffender von «Schwarzen Löchern» sprechen, spricht aber in der euphemistischen Diktion der Arbeitswelt immer nur von «Weißen Flecken» – kommen darin nicht vor.

Ich bin geboren worden, daran ist kein Zweifel möglich, ich habe Schulen und eine Universität besucht und gute Noten erhalten, ich habe Praktika absolviert und ordnungsgemäß meinen Militärdienst geleistet. Überall, wo ich gewesen bin, hat man mir Papiere ausgestellt, die meine regelmäßige Anwesenheit und meine über den durchschnittlichen Anforderungen liegenden Leistungen attestieren.

Tadellos, möchte man meinen. Zugegeben, es gibt einige Schönheitsfehler – die Studiendauer, die sich bei genauerem Hinsehen als etwas zu lang erweist, die Schulzeit, die sich über insgesamt fünfzehn Jahre erstreckt –, aber das alles liegt im Bereich des Tolerablen, wie jeder Personalmensch findet.

Natürlich offenbaren diese Unterlagen nichts über meine Angst, meinen Zorn, meine Verzweiflung, meine Liebe, mein Glück, mein Unglück. Aber das, vermute ich, ist auch nicht nötig, da nichts davon wirklich Bedeutung hat, solange es nicht dazu führt, dass einer auffällig wird und beginnt, aus dem Rahmen zu fallen.

Dennoch: Manche Leute mit vorzeigbaren Lebensläufen wie meinem werden mit Zwangs- oder Angstneurosen in geschlossene Anstalten eingeliefert, andere erschießen sich vor laufenden Kameras auf dem Dach einer – sagen wir – Bank, die sie zuvor mit einer Strumpfmaske über dem Kopf ausgeraubt haben, wieder andere verfallen in aller Stille dem Alkohol oder führen einen infernalischen Scheidungskrieg oder beides, einige von ihnen stürmen im Auftrag einer außerirdischen Macht bis an die Zähne bewaffnet eine McDonald's-Filiale und löschen das Lebenslicht von zig Menschen aus, die mit Cheeseburgern zwischen den Zähnen sterben – und so fort.

Die überwältigende Mehrheit der Leute mit vorzeigbaren Lebensläufen wie meinem aber feiert Dienstjubiläen, empfängt Treueprämien von ihren Arbeitgebern, geht zum vorgesehenen Zeitpunkt in Pension und bekommt von dem

Unternehmen, für das sie tätig gewesen ist, eine Todesanzeige in der Zeitung spendiert.

Ich kann nicht mit Sicherheit sagen, zu welcher Gruppe ich am Ende zählen werde. Wie es zurzeit aussieht, vermutlich eher zur zweiten, zu den Leuten mit den Dienstjubiläen und Todesanzeigen. Aber wer kann schon wissen, ob ich nicht eines Tages Rumenich mit einer Eierhandgranate unter dem Schreibtisch überrasche?

Was verrätst du, o mein Lebenslauf, von wüsten Partys, auf denen ich durchaus schon gewesen bin, von Nächten im Rausch mit wildfremden Frauen, deren Namen ich nie kannte – oder doch kannte, aber heute längst nicht mehr weiß? Sagst du etwas über die Schwärze in meinem Gehirn, über meine dunklen Flüche, über mein geheimes Gelächter? Erzählst du, dass ich schon Mordgedanken hatte? Sagst du, um nur ein Beispiel zu geben, an der Stelle, wo «verheiratet» steht, auch, dass Marianne mir nach Olivias Abreise eine halbvolle Kaffeetasse nachschmiss, die knapp an meinem Ohr vorbeischoss und an der Wand detonierte? Der Anblick des Kraters, den sie im Putz hinterließ, entsetzte mich mehr als der Wurf selbst. Ich wäre tot gewesen, wenn sie mich getroffen hätte. Und an derselben Stelle – «verheiratet» –, erzählst du da, dass ich, die Wodkaflasche in der einen Hand, den Zimmermannshammer in der anderen, versucht habe, das Schloss aus der Tür des Schlafzimmers herauszuschlagen, nachdem Marianne sich darin eingeschlossen hatte? Erzählst du, dass ich dabei Geräusche von mir gegeben habe wie ein tobender Halbaffe? Siehst du, das erzählst du nicht.

Du erzählst auch nicht, dass ich mir bei deiner Niederschrift vorgekommen bin wie ein Hochstapler, ein gewitzter zwar, aber doch wie ein Hochstapler, ein Blender, weil es mir gelungen ist, meine Lügen so wohldosiert mit kleinen Wahrheiten anzureichern, dass niemand mehr sie auseinanderhalten kann. Aber nicht doch, sagst du, man muss unterscheiden lernen zwischen dem Privatleben und dem Berufsleben, denn der Mensch lebt nun einmal zwei Leben. Und solange der Barbar, der man im Privatleben ist, nicht den Weg in das Büro seines dressierten Doppelgängers findet, ist alles in Ordnung. Dazu gibt es die einschlägige Rechtsprechung.

Ich überlege, ob ich Marianne einen Blumenstrauß an ihren Arbeitsplatz schicken soll, lasse es dann aber lieber bleiben. Es wäre einfach zu geschmacklos.

9.

Ich hole Bellmann aus seinem Büro ab, ich will mit ihm in der Kantine essen gehen. Ich trete ein, ohne anzuklopfen, er telefoniert gerade. Er winkt mich herein und deutet auf den Platz ihm gegenüber. Ich setze mich, dann stellt er das Telefon laut. Er grinst mich an und beißt sich dabei auf die Zungenspitze. Eine klagende Frauenstimme mit der üblichen Geschichte, die Bellmann offensichtlich amüsiert, obwohl er sie schon ein paar tausend Mal in ein paar tausend Varianten gehört hat: Als ihr Mann den Brief von der Bank geöffnet habe, sei er auf der Stelle im Hausflur zusammengebrochen. Das Herz. Er arbeite Tag und Nacht für das Geschäft, tue, was überhaupt menschenmöglich sei. Dieser Brief sei ein Nackenschlag, von dem er sich nicht mehr erhole, wenn es dabei bleibe. Jeder Pfennig werde um- und umgedreht, aber außerhalb der Saison seien die Umsätze eben schlecht. Sie wüssten wirklich nicht mehr weiter, et cetera et cetera. Bellmann hört es sich eine Weile an und macht ein verkniffenes Gesicht. Dann wimmelt er sie ab, er habe den Vorgang jetzt nicht vorliegen, werde sich die Sache nochmal anschauen, er wünsche ihrem Mann gute Besserung, er werde sehen, ob man noch etwas tun könne. Die Frau spricht weiter, Bellmann hängt ein, steht auf, schnappt sich sein Jackett und fragt, was auf der Speisekarte steht.

Die Gespräche am Mittagstisch mit den Kollegen kreisen um praktische Dinge. Sie schildern gerne den eigenen

Fahrtweg mit öffentlichen Verkehrsmitteln von zu Hause zum Büro. Dabei erörtern sie, wo und wie oft sie umsteigen müssen und dass sie alles in allem in verblüffend kurzer Zeit ihren Arbeitsplatz erreichen. Sie erörtern Sonderangebote für Urlaubsreisen und vergleichen die Qualität von Continental-Winterreifen mit der von Universal-Winterreifen. Dann und wann, jäh und unvermittelt, schiebt einer einen kleinen, dreckigen Witz ein. Das geschieht vorzugsweise, wenn einer bemerkt, dass ein eben verwendetes Wort eine obszöne Doppelbedeutung hat. Zum Beispiel «einschieben», hehehe. Ab und zu trumpft einer auf und erzählt von einem Buch, das er gelesen hat. Bellmann ist ein Italienliebhaber, der viel übers Kochen redet. Oder über die Ausländerpolitik der Bundesregierung. Überhaupt werden gerne politische Themen erörtert. Jeder, der spricht, bemüht sich dann um eine besonders geschliffene Redeweise, als wäre er Regierungssprecher oder so was. Nach dem Mittagessen lästert man mit seinem vertrautesten Kollegen ein wenig über die Wichtigtuerei der anderen.

Mein vertrautester Kollege ist Bellmann. Wir nehmen unsere Birne Helene mit in sein Büro, weil wir noch etwas zu besprechen haben. Bellmann kann mir nicht gefährlich werden, weil er nicht die geringste Chance hat, auf einen leitenden Posten zu kommen. Wir haben nach dem Studium gemeinsam in der Bank angefangen. Bei mir ging es vorwärts, bei ihm nicht. Wir können uns beide nicht erklären warum, denn er macht seine Arbeit nicht schlecht. Rumenich hat mir einmal anvertraut, sie finde, Bellmann fehle das «gewisse Etwas». Ihr Vorgänger muss das ähnlich gesehen haben, und auch ich habe ihr selbstverständlich nicht widersprochen. Ich erzähle Bellmann von meinem Gespräch mit Rumenich. Er hört nachdenklich zu, dann sagt er: «Da musst du aber aufpassen.»

Ich bitte ihn, mir sämtliche greifbaren Kosiek-Akten zu besorgen und eine Liste der Akten zu erstellen, die im Umlauf sind. Ich erkläre ihm, dass ich vorhabe, eine wasserdichte Stellungnahme über den gesamten Vorgang anzufertigen, die mich schützen wird, falls Rumenich tatsächlich mit dem Gedanken spielen sollte, mich abschießen zu wollen. Bellmann sagt mir seine Hilfe zu.

Es ist höchste Zeit, sich dem Tagesgeschäft zu widmen.

Ich muss zu einem Termin. Das Taxi, das mir Madame Farouche ruft, ist eine Katastrophe. Es stinkt darin wie in einem Aschenbecher, und am Rückspiegel hängt ein Riechbäumchen der Note «New Car». Das ist natürlich vollkommen nutzlos. Ich steige hinten ein und sage nur, ziemlich zugeknöpft, meine Zieladresse. Ich habe keine Lust auf das in Taxis übliche Gequatsche, aber ich *spüre,* dass der Taxifahrer ein Gespräch sucht, mein geschäftsmäßiger Aufzug und die Tatsache, dass ich aus einer Bank komme, scheinen ihn zu beschäftigen.

«Und, viele Termine?», fängt er vage an. «Sicher», antworte ich kühl. Ich glaube, ich war etwas zu ablehnend und füge hinzu: «Sie werden auch Ihre Verpflichtungen haben.» Ohne es zu ahnen, habe ich ihm damit das Stichwort gegeben für seinen Text, den er wahrscheinlich jedem seiner Fahrgäste mitgibt: *Verpflichtungen.* Er habe viele davon, weniger vornehm ausgedrückt: Seine Schulden brächten ihn langsam, aber sicher um.

«Wie Sie vielleicht an meiner Ausdrucksweise bemerken, bin ich kein dahergelaufener Taxifahrer. Ich bin Arzt, war jahrelang Redakteur in einem medizinischen Fachverlag. Irgendwann hatte der Inhaber keine Lust mehr, liquidierte das Unternehmen und setzte sich in der Schweiz zur Ruhe. Ich kenne die Villa des feinen Herrn von Fotos. Ich hätte gute Lust, mal hinzufahren. Aber das bringt ja nichts. Das Schwein. Dann habe ich mich selbständig gemacht und ging nach zwei Jahren pleite. Seitdem fahr ich Taxi. Jetzt wissen Sie's.»

«Es interessiert mich einen Scheiß!», liegt mir auf der Zunge, aber ich halte mich zurück. Was soll ich sagen? Er belästigt mich mit seinen Privatangelegenheiten. Zu so was sagt man wohl: Pech gehabt. Er will Mitleid, will etwas hören wie: «Das kann jedem passieren.» Aber die Leute, denen es so geht wie mir – mit Job und Geld und so weiter –, denken das nicht. Sie denken: selber schuld. Nur, falls es sie selbst auf die Schnauze haut, denken sie: Wie ungerecht, aber das kann jedem passieren. Das muss dem Mann doch klar sein, er war doch auch mal auf der anderen Seite. Ich finde, er lässt sich gehen. Beim Aussteigen gebe ich ihm allerdings eine Mark Trinkgeld.

Vor dem «Gothic Palast» treffe ich Heinz Schmidt, einen völlig verwahrlosten Gerichtsvollzieher, dessen obligatorisches Kirschwasserfähnchen mir auch heute wie gewohnt entgegenweht.

Ich sage: «Ich rede.»

Er nickt. Ich brauche ihn nur, um die Sache amtlich zu machen. Dann geht's hinein.

So etwas wie den «Gothic Palast» habe ich noch nie gesehen. Ich vermute, die wenigsten Menschen haben je so etwas gesehen. Außen über der Eingangstür hängt eine riesige Sperrholzplatte, auf die eine Ritterburg unter Gewitterhimmel gemalt ist, vermutlich vom Geschäftsinhaber, dessen künstlerisches Talent etwa dem eines begabten Fünftklässlers gleichkommt. Was hat die Bank dazu getrieben, diesem Laden Kredit zu geben? Die Wahrheit ist: Der zuständige Sachbearbeiter hat nicht verstanden, was der «Gothic Palast» sein sollte; er dachte möglicherweise an einen Handel mit kirchlichen Devotionalien. Außerdem stimmten die Sicherheiten. Und jetzt haben wir den Salat. Der Inhaber ist so ein pummeliger Rocktyp, der auf Satanist macht, ohne wirklich einer zu sein. Und das neben ihm ist vermutlich das, was er seine «Braut» nennt. Sie verkaufen Comic-Figuren, Comics, «Death Metal»-Schallplatten und -CDs, Horrorvideos und -computerspiele, Müll, nichts als Müll. Teuren Müll, den niemand haben will. Deshalb sind sie natürlich pleite.

Meine besondere Aggression in diesem Fall richtet sich gegen ihre idiotische, infantile Weltfremdheit. Als gäbe es nicht schon genug Probleme auf der Welt, erfinden diese Trottel gleich noch ein paar dazu. Ich meine, was ist das für eine Haltung, ein Leben lang Ritter spielen und gegen Drachen und Monster aus Plastik kämpfen zu wollen? Ich werde denen ein bisschen Realitätsbewusstsein vermitteln müssen, durch ein wenig bockharte Zwangsvollstreckung.

«Ich kann mir denken, dass Sie mich für sadistisch oder faschistoid halten, falls Sie wissen, was das bedeutet», sage ich, als wir eintreten, Schmidt und ich. Während ich rede, gehe ich lässig auf und ab, entferne ein Stäubchen von meinem Jackett, werfe einen Blick auf meine goldene Uhr. Ich will den Typen provozieren, er soll mich für eine dieser Ausgeburten halten, mit denen er hier handelt, allerdings in Gestalt eines skrupellosen frühkapitalistischen Parvenüs. Mit spitzen Fingern gehe ich die Comic-Figuren auf den Regalen durch. Fünfzig Zentimeter hohe Teile, jedes handbemalt und dreihundert Mark teuer. «Superman, Batman, Catwoman, Robin, The Riddler – imposant, wirklich imposant.» Ich gehe hinüber zum Videoregal und stoße auf eine große Kiste mit der Aufschrift «Der Blub». Darin befinden sich etwa hundert Kassetten «Der Blub». Der Rocktyp faselt etwas von Durchsuchungsbefehl.

«Herr Schmidt, zeigen Sie unserem Kunden, was er sehen will.»

Schmidt tut es. Dann lamentiert die Braut herum, sie werde die Polizei rufen, der Rocktyp schreit, er habe noch immer alle Schulden bezahlt.

Ich: «Stimmt definitiv nicht. Sie sind mit über fünfzigtausend in der Kreide und hatten drei Monate Zeit. Jetzt ist Schluss.» Ich nehme eine «Blub»-Kassette, gehe zu ihm hinüber und halte sie ihm unter die Nase: «Das ist – wertloser Dreck!»

«Die Leute wollen das.»

«Offenkundig nicht genug. Sehen Sie: Wie bescheuert muss ein Mensch sein, damit er sich einen Film mit dem Titel ‹Der Blub› anschaut? Verstehen Sie, Sie kosten meine Firma Geld. Geld, für das ernsthafte Männer und Frauen hart gearbeitet haben. Und Sie leihen es sich aus und kaufen sich eine Kiste voll ‹Der Blub› davon, weil Sie das für eine Geschäftsidee halten. Aber es ist keine Geschäftsidee, schwöre ich Ihnen, es ist purer *Schwachsinn*!»

Der Rest ist Routine. Ich bitte Schmidt, überall seinen Kuckuck hinzukleben, es gibt das übliche Geheule und Gezeter – «Nein, nicht dies, nicht das!» und so weiter –, dann gehen wir.

Ich: «Das Zeug wird morgen früh abgeholt. Wenn etwas fehlen sollte, kommt der Staatsanwalt. Guten Tag.»

Komischerweise fällt mir in dem Moment ein, dass wir zu Kindern sagen: «Wenn du deinem Freund dies oder das wegnimmst, wird er ganz traurig.» Aber in Wahrheit werden die Menschen gar nicht traurig, wenn man ihnen was wegnimmt. Sie drehen durch. Die Frau des Rocktyps reißt die Tür hinter uns auf und schreit: «Wir werden niemals aufgeben, du Bankarsch!» Ohne mich umzudrehen, werfe ich den Kopf in den Nacken und lache lauthals. Dann sage ich: «Schmidt, Sie haben es gehört: Bankarsch. Sie machen mir den Zeugen für die Beleidigungsanzeige.»

Schmidt nickt stumpf. Vermutlich denkt er darüber nach, wie viel die gepfändeten Waren in der Versteigerung bringen werden.

10.

Sonntagvormittag. Marianne ist in der Küche und bereitet etwas für das Abendessen vor, wir bekommen Gäste. Ich sitze im Wohnzimmer, ungewaschen, in Schlafanzug und Morgenmantel, und habe mit etwas zu kämpfen, das ich Panikattacken nennen würde, wenn ich wüsste, was dieser Begriff üblicherweise genau bezeichnet. Es ist nichts vorgefallen, jedenfalls nichts Bestimmtes. Ich habe einen freien Tag und nichts zu tun. Vielleicht ist es das. Ich musste Marianne versprechen, heute nicht ins Büro zu gehen. Ich war gestern dort und wäre heute auch gerne wieder hingegangen. Ich will versuchen, meine Angstzustände zu beschreiben: Sie beginnen in der oberen Bauchgegend, steigen dann in den Brustkorb, der sich weitet, und dringen in das Lymphsystem ein. Schließlich gelangen sie über die Lymphkanäle an den Seiten des Halses in den Kopf, ins Gehirn, wo sie einsickern wie eine ätzende Flüssigkeit. Ich glaube, ich fange an zu spinnen, aber ich weiß nicht, worum es sich handelt. Habe ich etwas vergessen? Ja, so fühlt es sich an: als ob ich etwas Wichtiges, Unaufschiebbares vergessen hätte. Aber sosehr ich auch darüber nachdenke, mir fällt nicht ein, was. Sicher hat es etwas mit der Arbeit zu tun. Ich sehe die Aktenberge vor mir, die Bellmann in der Kosiek-Sache für mich zusammengetragen hat. Tagelang kam er immer wieder in mein Büro, mächtige Aktenstapel vor sich hertragend, die sich bald meterhoch auf dem Boden vor meinem Schreibtisch türmten. Es beruhigt mich, in der Nähe dieser Akten zu sein. Sie sind gefährlich, kein Mensch kann alles behalten, was in ihnen steht. Ihr Inhalt ist auch beileibe nicht eindeutig. Viele Schriftstücke sind unterschiedlichen Interpretationen zugänglich, einige Vorgänge sind lückenhaft, andere bewusst falsch dargestellt. Jemand wollte etwas unter den Tisch fallen lassen, anderes hervorheben. Wechselnde Sachbearbeiter hatten unterschiedliche Auffassungen, bestimmte Vorgehensweisen betreffend. Sie fertigten Aktennotizen, in denen sie natürlich niemals direkt die Positionen ihrer Vorgänger oder Widersacher angriffen, sondern unmerkliche Kurskorrekturen vornahmen. Das alles gilt es zu lesen, richtig zu lesen, geschickt zu deuten. Aber ich weiß nicht wie!

Ich muss dringend ins Büro.

Marianne kommt ins Zimmer und macht mir Vorhaltungen, wie ich aussähe, ich solle ins Bad gehen und mich fertig machen und ihr in der Küche helfen. Ich gehorche. Heute Abend kommen ihre Arbeitskollegen. Marianne arbeitet in einer Werbeagentur. Ich kenne ihre Kollegen noch nicht, aber ich stelle sie mir als flotte Leute vor, die jeden duzen. Sie sind derzeit mit einer großangelegten Kampagne für eine Burgerrestaurant-Kette beschäftigt. Ein wichtiger Auftrag, der, so glaubt Marianne, die Agentur vor der sonst anstehenden Pleite retten kann. Natürlich gibt es heute Abend Hamburger.

Wir bereiten die Zwiebelringe, das Hackfleisch, die Sesambrötchen, die Gurken- und Tomatenscheiben vor und genießen unsere perfekte Kücheneinrichtung. Ich versuche, Marianne zu erklären, dass die Akten ein Eigenleben führen. Sie lacht. Ich lache auch. Ich sage, es käme mir vor, als würden die Akten wie Märchenwesen erwachen, sobald man sie unbeaufsichtigt lässt. Man drehe sich um, und schon fingen sie an, sich hinterrücks gegen einen zu verschwören. Marianne streichelt mir über den Kopf wie einem Patienten, der zur Sorge Anlass gibt, und sagt: «Nun fang mal nicht an zu spinnen.»

Es ist früh am Nachmittag, für den Abend ist alles vorbereitet, die Hamburger-Zutaten stehen auf Tellern und in Schüsseln im Kühlschrank, im Wohnzimmer haben wir einen langen Tisch aufgebaut und gedeckt und den elektrischen Tischgrill installiert. Marianne hat den Tisch hingebungsvoll mit Artikeln der Hamburger-Kampagne dekoriert, die sie aus der Agentur mitgebracht hat. Es ist alles so reizend arrangiert, dass ich schlechte Laune davon bekomme. Dennoch trifft mich, nachdem ich sicher bin, dass absolut nichts mehr zu tun ist und ich Marianne gequält ansehe, die Lust, mit ihr zu schlafen, wie ein Lichtstrahl im Dunkeln. Sie steht ohnehin gerade im Schlafzimmer. Ich lehne mich mit erhobenem Ellbogen in den Türrahmen und frage sie, wie es denn wäre.

«Also gut», sagt sie.

Also gut, denke ich, als ich meine Hose öffne, was heißt: also gut? Ehelicher Geschlechtsverkehr am Sonntagnachmittag – also gut? Ginge das nicht ein wenig enthusiastischer vielleicht? Oder zumindest ein bisschen weniger alsogut-mäßig? Mir gefällt Mariannes Körper, ich rieche ihn gerne, liebkose ihn gerne, aber sie bewegt ihn nicht richtig. Nicht, dass sie das nicht könnte, aber ich weiß doch, was los ist, sie hat Hamburger im Kopf. Ich frage sie, ob sie an die Kampagne denke, einfühlsam, verständnisvoll. «Ja», sagt sie, und wir reden darüber. Ihre Hoffnungen, ihre Ängste, die Agentur, das Geld, die Kollegen, wie alles werden wird, dass man das nicht wissen kann, und so weiter und so weiter. Schließlich ist es Zeit, sich anzuziehen, bald kommen die Gäste, ich überlege, ob ich mir einen runterholen soll, während Marianne im Bad ist, aber damit wäre die verpatzte Liebe am Nachmittag unwiderruflich besiegelt.

Am Abend fühle ich mich abgeklärt und melancholisch und trinke schweren französischen Rotwein, der mir besser zusagt als dieses grässliche Ami-Bier, das die anderen saufen. Werner, Mariannes Chef, ein Typ Ende dreißig, halblange schwarze Haare, gebräunte Haut, positiver Gesichtsausdruck – so sagt man doch? –, will mich zu seinem Freund machen, wenigstens für diesen Abend. Ich bewundere ihn für seine gute Laune, die echt zu sein scheint. Wie kann er gut gelaunt sein, wo er doch bis über beide Ohren in Schulden steckt? Er flirtet scherzhaft mit Marianne, meint aber im Grunde mich damit, denn er achtet genau darauf, dass ich alles mitbekomme. Ab zehn ist er betrunken, aber nicht unangenehm. Er setzt sich neben mich, legt seinen Arm um meine Schultern und nennt mich «Tommi».

«Mensch, Tommi, kannst du in deiner Bank da nicht ein paar Millionen klarmachen für uns? Bekommst auch 'n paar Tausender ab!»

Brüllendes Gelächter der Belegschaft. Ich antworte, dass ich in der Bank nicht zu denen gehöre, die das Geld hergeben, sondern zu denen, die es zurückholen. Werner nimmt die Hand von meiner Schulter, er wirkt etwas ernüchtert. «Und was machst du da so?»

«Abwicklung und Verwertung.» Ich erkläre es ihm, wenn auch nicht in allen bestürzenden Einzelheiten. Ich will ihm ja seine Hoffnungen für seinen Laden nicht nehmen, schon in Mariannes Interesse nicht. Ich merke, wie er beschließt, sich die gute Laune nicht verderben zu lassen. Er trinkt noch ein Bier, lässt sich noch einen Hamburger braten, immer wieder stößt er mit seinen Kolleginnen und Kollegen an, prostet mir zu: «Auf den Gastgeber!»

Ab halb zwölf ist er besoffen, jetzt durchaus unangenehm. Er zieht seine Geldbörse und knallt sie auf den Tisch. Er wolle im Hause des Bankers nichts schuldig bleiben. Die Gefahr sei ihm zu groß, ich könne es mir mit dem Gerichtsvollzieher zurückholen. Erst lachen alle, dann merken sie, dass er es ernst meint. Sie versuchen, ihn zu beschwichtigen, was ihnen nur halbwegs gelingt. Die Stimmung kippt, eigentlich betreten, versuchen alle durch Höflichkeit zu retten, was nicht mehr zu retten ist. Werner lallt, man werde doch nochmal einen Scherz machen dürfen. Der allgemeine Aufbruch wird beschlossen. Werner verabschiedet sich überschwänglich bei Marianne. Mir gegenüber deutet er ein paar Boxbewegungen an, wobei er ins Wanken gerät und über den Schuhschrank stolpert, sodass er der Länge nach in den Flur fällt. Seine Mitarbeiter helfen ihm auf, peinlich berührtes Gelächter. Endlich sind alle draußen.

Wir räumen auf, Marianne kämpft mit den Tränen. Ich koche vor Wut, weil ich weiß, dass sie mir die Schuld gibt, aber ich sage nichts, und wir reden auch später kein Wort mehr darüber.

11.

Wenn ich mir beispielsweise meinen Freund Markus ansehe, werde ich unruhig. In seiner Lage würde ich vermutlich durchdrehen, aber in dem Moment, wo man in Schwierigkeiten steckt, sieht man das vielleicht nicht mehr so verzweifelt. Das ist bei den Zwangsvollstreckungen ja auch immer das Erstaunliche, dass ausgerechnet die Menschen in der aussichtslosesten Lage die blühendsten Hoffnungen vor sich hertragen, völlig hirnverbrannt.

Andererseits: Ein paar Tausender mehr oder weniger im Monat, wen juckt das auf die Dauer? Doch nur jemanden, der überhaupt keine Kohle hat. Wie Freund Markus zum Beispiel, der auch Kunde der Bank ist. Markus schreibt Drehbücher, hat aber noch nie eines verkauft. Ich mag die Sachen, die er macht. Nebenbei arbeitet er als Journalist, um Geld zu verdienen, verdient aber keins. Mein Albtraum ist, dass sein Kredit einmal hier auf meinem Schreibtisch landet und ich gegen ihn mit aller Härte vollstrecken muss, wegen lächerlicher zehn- oder zwanzigtausend Mark, um mehr wird's ja nicht gehen. In Wahrheit tue ich natürlich alles dafür, dass es nie so weit kommt, und leihe dem Arschloch andauernd Geld, das er nie zurückzahlt. Vor zwei Wochen tausend, letzte Woche zweitausend, vor zwei Monaten fünftausend. Und nie gab's auch nur eine einzige Mark zurück. Trotzdem, ich kenne ihn einfach zu lange, ich würde nie etwas gegen ihn unternehmen.

Der Scheißkerl weiß das natürlich, grinst und sagt: «Du, ich will mit Petra nach Hongkong fliegen, sie hat das Geld, aber ich bin total blank. Du weißt doch, wie die Dinge liegen. Fünftausend, bis zum Herbst. Okay?» Was soll ich denn tun? Logisch geb ich ihm die fünftausend! Egal, heute Mittag bin ich mit ihm zum Essen verabredet, vielleicht, er wusste noch nicht so genau, ob er Zeit haben würde. Er ist gerade damit beschäftigt, sich scheiden zu lassen. Nicht von Petra, das ist seine Freundin. Von Babs, das ist seine Frau. Ich darf gar nicht daran denken, was da alles auf ihn – auf mich – zukommt. Es ist zum Heulen. Sie wird ihn vernichten.

Markus und ich sind im «Caravaggio» verabredet, einem der Mode-Italiener hier, in dem Geschäftsleute ihre Abschlüsse begießen und Damen, die es sich leisten können – nach ihren Einkäufen bei Prada, Gucci, Helmut Lang, Versace oder sonstwem –, Gamberoni Aglio, Olio e Peperoncino zu sich zu nehmen, dazu ein Glas Lacryma Christi del Vesuvio bianco und so weiter.

Markus ist noch nicht da, als ich hereinkomme, ich gehe an den Platz, an dem wir immer sitzen, ein Zweipersonentisch. Unsere gemeinsamen Mittagessen sind ein Ritual, das wir in größeren Abständen pflegen, und unsere Themen sind immer das Große und das Ganze, das Leben an sich sozusagen, jetzt gibt es gerade wieder Bedarf, wegen seiner Scheidung von Babs natürlich. Letzte Woche ist sie von einer Urlaubsreise mit einer Freundin zurückgekommen, und er hat sie vom Bahnhof abgeholt, was nicht etwa eine Aufmerksamkeit gewesen ist, wie sie wahrscheinlich nur zu gut gewusst hat. Markus hat es lediglich nicht ausgehalten, abzuwarten, bis sie zu Hause wären – so eilig hat er es gehabt, ihr zu offenbaren, dass er sie betrogen hat.

Das kam nicht überraschend. Vor einigen Wochen schon hatte er eine Filmemacherin kennengelernt, mit der er einen Dokumentarfilm über Ich-weiß-nicht-was drehen wollte. Sie gefiel ihm, das merkte ich an der Art, wie er mir erzählte, da würde nie im Leben was laufen. Ich war mir sofort sicher, da würde sehr wohl etwas laufen, aber nur, wenn er sich endgültig entschlossen hätte, seine Ehe zu beenden. Letzte Woche, als Babs in Urlaub fuhr, hörte ich erst drei Tage lang gar nichts von ihm, dann kam sein Anruf. Ich fragte:

«Was läuft?»

«Na, was wohl.»

«Na, was denn?»

«Wilde Nächte mit Frau Berger.»

Er hatte es getan, und weil er es getan hatte, stürmte er seiner lieben Ehefrau am Bahnhof entgegen, um es ihr so schnell wie möglich zu erzählen, und als er mir davon berichtete, benutzte er andauernd Redewendungen wie «reinen Tisch machen», «Nägel mit Köpfen machen», «niemandem ein X für ein U vormachen» und so weiter.

Babs' Reaktion war nicht die befürchtete Szene. Ganz und gar nicht. Markus war geradezu verwundert: «Eine Sache von einer Minute. Ich habe gesagt, ich bin in Petra verknallt, und sie hat gesagt, dann trennen wir uns eben.»

Aber dabei war es offenbar nicht geblieben. Deshalb das heutige Treffen. Zwar hatte Babs erst mal die nächste Nacht bei *ihrem* Liebhaber verbracht – den sie bis dahin immer geleugnet hatte –, und Markus war zu Petra gegangen, wobei sich die beiden – Markus und Babs –, als sie die gemeinsame Wohnung verließen, wie ein vertrautes Ehepaar verhielten, das zu seiner täglichen Arbeit aufbricht: Hast du meine Schlüssel gesehen? Vergiss deine Jacke nicht. Wann kommst du nach Haus? Küsschen. Bis dann.

Aber irgendetwas war möglicherweise mit Babs' Lover schiefgelaufen, denn am nächsten Tag rief sie Markus an und sagte: «Du wirst dir wünschen, nie geboren worden zu sein, darauf kannst du dich gefasst machen.»

Die Drohung war im Zusammenhang mit dem Auto, einem Fiat Panda, gefallen, das beiden gehörte. Markus hatte gesagt, man werde sich schon irgendwie einigen.

«Sie wird dir *alles* wegnehmen. Du hast sie erniedrigt», sage ich, nachdem Markus hereingekommen ist und sich zu mir gesetzt hat.

«Papperlapapp», sagt Markus.

Er fingert geistesabwesend am Rand seines noch leeren Weinglases herum. Er wirkt reichlich mitgenommen.

«Ich brauche deinen Rat, Thomas. Was soll ich denn jetzt machen?»

Er fängt an, über sich und Babs zu reden. Im Bett sei mit ihr nichts mehr gelaufen. Neulich hätten sie versucht, miteinander zu schlafen, nachdem sie sich stundenlang gestritten hatten. Früher hätten sie nach heftigen Streits den besten Sex gehabt – und diesmal habe er noch nicht mal einen hoch bekommen. Das sei natürlich auch nicht gerade toll gewesen. Er habe an Petra denken müssen. Babs' Körper habe ihn nicht mehr angezogen. Nicht, dass das für ihre Ehe das Wichtigste gewesen sei. Aber er habe sich schon gefragt: Willst du *so* alt werden? Auf *die* Art?

Mit Petra sei das alles ganz anders. Er könne gar nicht glauben, dass ihm so was nochmal passiert sei. Er habe gedacht, das sei gelaufen. Immerhin sei es ja vier Jahre her, dass er mal wieder so richtig verknallt wäre.

«Warum soll ich jetzt nicht auch mal richtig glücklich sein dürfen?»

Ich mische hier und da ein «Mhh», ein «Klar», ein «Logo» in seine Rede, aber ich verstehe gar nicht, was er da erzählt. Vor allem verstehe ich nicht, was er von *mir* will. Na klar, ich bin sein Freund, also bin ich verpflichtet, mir das anzuhören. Aber was will er mir sagen? Ich habe Probleme, mich zu konzentrieren. Mit mir und Marianne sieht es schließlich auch kaum besser aus. Immerhin finde ich interessant, dass Babs ihm keine Szene gemacht hat. Ich fürchte, bei Marianne wäre das anders.

12.

Im Hause Schwarz herrscht Jubelstimmung. Marianne hat eine Flasche Piper Heidsieck (rotes Label) aus der Arbeit mitgebracht. Sie ist zur «Campaign Managerin» für die große Hamburger-Offensive befördert worden. Wir baden heiß, trinken dabei Champagner, und hinterher vögeln wir wie die Teufel.

Marianne erzählt mit geröteten Wangen: Werner, ihr Chef, habe sie zu sich gerufen und ihr erklärt, es sei nicht seine Art, sich zu entschuldigen, aber sie solle wissen, dass diese Geschichte auf ihr Arbeitsverhältnis natürlich keinen Einfluss habe. Und dann habe er sie gefragt, ob sie die Hamburger-Kampagne führen wolle.

Marianne hat sofort zugesagt. Was für ein Erfolg! Erst vor knapp einem Jahr habe sie in der Agentur als Assistentin angefangen, war für Kaffeemaschine und Telefon zuständig, und jetzt eine eigene Kampagne, noch dazu eine so wichtige für die Firma.

Ich gebe zu bedenken, das sei doch verwunderlich, denn immerhin hänge doch, wie sie erzählt hat, das Überleben der Agentur vom Gelingen dieses Auftrags ab.

«Verwunderlich? Wieso verwunderlich?»

Marianne schreit beinahe, sodass mir ohne weiteres bewusst wird, dass ich wieder einmal einen fatalen, nicht wiedergutzumachenden Fehler begangen habe. Mein Bedenken beweise, ich glaubte, sie sei der Aufgabe nicht gewachsen.

«Doch, doch, natürlich bist du das!»

«Auf so was kann nur ein Mann kommen. Ein Mann wie du!»

«Was soll denn *das* heißen? Immerhin hat sich dein Werner in unserer Wohnung aufgeführt wie ein alkoholisierter Gorilla! Er gibt dir die Kampagne in die Hand, weil er weiß, dass sie in die Hose geht. Er wird sich rechtzeitig aus dem Staub machen, und du wirst mit deiner Kampagne in der Scheiße landen!»

«Du bist krank. Du leidest unter Verfolgungswahn. Ich frage mich wirklich, wie du mit deiner Arbeit noch klarkommst. Wahrscheinlich hast du ein schlechtes Gewissen, weil du all diese Leute in den Ruin treibst.»

«Ich treibe niemand in den Ruin. Die Leute, gegen die ich vorgehe, sind längst ruiniert. Damit habe ich nichts zu tun. Ich vollstrecke nur. Dieser Werner ist ein Arschloch. Du hast doch gesehen, wie er sich benommen hat. Du wirst doch nicht glauben, dass der loyal ist?»

«Ich weiß überhaupt nicht, was du da redest!»

O mein Gott – dass ich da nicht gleich drauf gekommen bin!

«Du hast etwas mit ihm.»

Sie sieht mich verblüfft an und sagt nichts.

«Sag schon, du hast was mit ihm, das ist es doch. Gib's zu!»

«Du tickst ja nicht ganz richtig.»

«Er hat dich hier den lieben langen Abend nach Strich und Faden angemacht. Ich hab's gesehen, ich bin ja nicht blind.»

«Du hast mir doch noch vor ein paar Tagen großartig erklärt, dass im Grunde *du* damit gemeint warst!»

«Dein blödes Lachen beweist ja schon, dass ich recht habe!»

«Du spinnst, du hast einfach einen Knall!»

Sie fängt an zu heulen, springt auf und hält sich ein Laken vor den Körper, als dürfe ich sie jetzt nicht mehr nackt sehen, obwohl wir doch gerade eben noch miteinander geschlafen haben. Sie rennt ins Bad und schließt sich ein.

Oh, wie ich es hasse! Ich ziehe mein «Heute ist ein schöner Tag»-Buch unter dem Bett hervor und suche etwas Passendes. «Fasse den festen, ernsthaften Entschluss, die Begeisterung, die du bisher in dein Leben gelegt hast, heute zu verdoppeln.»

Bedauern regt sich. Ich bin mir sicher, Werner wird Marianne hängen lassen. Zuerst wird sie aus Dankbarkeit mit ihm ins Bett gehen, wenn sie es nicht schon getan hat, und dann wird sie diese lächerliche Kampagne in den Sand setzen, weil sie gar keine Chance hat, sie *nicht* in den Sand zu setzen.

Später sitzt Marianne angetrunken mit ihrer fast leeren Champagnerflasche und angezogenen Beinen auf dem Wohnzimmersofa. Ich sitze am Wohnzimmertisch und lese meine Kontoauszüge.

«Ich hab nichts mit Werner.»

Ich warte eine Weile, bevor ich sage:

«Glaube ich dir ja.»

Ich habe ernste Zweifel, ob ich ihr glauben kann. Merkwürdig, bisher hat mich die Frage, ob Marianne fremdgehen könnte, noch nie beschäftigt. Jetzt ist sie da, die Frage.

«Ich mache mir doch nur Sorgen um dich.»

«Aber die falschen, Tom. Die falschen.»

13.

Bellmann kommt herein und fragt, ob ich ins «Lehmann's» mitkomme, genauer gesagt, er reißt die Tür auf und schreit:

«Schluss mit Arbeit, Schwarz. Der Tag war lang genug. Ich lad dich auf ein paar Guinness ein.»

Ich kann mir seine gute Laune nicht recht erklären. Bellmann, der sonst immer so sorgenvoll durch die Gänge schleicht. Ist er befördert worden? Lädt er mich zum Bier ein, um zu feiern, dass er meinen Posten bekommt? Na, für so lässig halte ich ihn nun doch nicht. Er ist eher jemand, der sich in so einer Situation mit Schuldgefühlen herumschlagen, abnehmen, zu trinken aufhören – und nicht etwa anfangen – würde. So schwungvoll, wie er die Einladung vorträgt, kann ich nicht nein sagen, ohne als Spielverderber zu gelten. Außerdem ist mir die Vorstellung, im «Lehmann's» an der Bar zu stehen und mich zu betrinken, alles andere als unangenehm. Ich werfe den Taschenrechner, mit dem ich mich eben noch über einer der Kosiek-Akten geplagt habe, auf den Tisch, greife mir mein Jackett, und wir ziehen los. Es ist erst fünf, Madame Farouche ist noch da, ich rufe so knapp, dass keine Rückfragen möglich sind: «Bin bei einem Termin außer Haus. Komm heute auch nicht mehr rein.»

Was für eine Luft im Freien! Was für ein Wetter auf der Straße! Man vergisst das ja völlig, wenn man den ganzen Tag im Büro sitzt. Ich fühle mich absolut locker und schlage Bellmann kräftig mit der flachen Hand zwischen die Schulterblätter, sodass es ihm ein bisschen weh tut, dem alten Judas. Ihm käme es doch als Erstem zugute, wenn mir – nun, sagen wir mal – was zustoßen sollte.

Ich überlege kurz, ob ich ihm das nicht vielleicht ganz klar sagen sollte, entscheide mich aber dagegen, weil er nicht der Typ ist, der dann wirklich offen sprechen würde. Er würde anfangen, um den heißen Brei herumzureden – «nie im Leben» und so weiter –, und dann würde die Sache für *mich* peinlich werden. Am Ende würde er es als Einladung auffassen, mich abzusägen. Ich weiß doch, dass sich da was zusammenbraut, aber ich weiß natürlich nichts Konkretes, also muss ich schweigen.

Im «Lehmann's» steht schon die versammelte Bagage herum, die man hier vermutlich zu jeder Tages- und besonders Nachtzeit antrifft, laute Leute, die mit ihren Mobiltelefonen herumfuchteln und dauernd von Terminen schwatzen, die sie angeblich irgendwo haben, aber schließlich und endlich trifft man sie immer nur hier. Wenn ich von einem den Namen aufschnappe und ihn mir zufällig merke, schaue ich in meinem Computer in der Bank nach, ob er dort als Schuldner geführt wird. Die Trefferquote kann sich sehen lassen, doch die meisten sind lediglich Kleinkreditnehmer, die nichts weiter wollen, als sich ihre Anzüge, ihre Handys und ihre Drinks im «Lehmann's» zu finanzieren, ohne dafür übertrieben viel zu arbeiten. Solche Figuren erschlage ich im Vorbeigehen – vollstreckungstechnisch gesprochen. Es hat einen ganz eigenen Reiz, zwischen ihnen an der Bar zu stehen und zu wissen, dass man den meisten von ihnen auf der Stelle den Hahn abdrehen könnte, es aber nicht tut, weil man Feierabend hat. «Wie ein Scharfrichter auf Urlaub, so ein bisschen», sage ich zu Bellmann und proste ihm zu. Er kapiert nicht, ich versuch's ihm zu erklären, aber er steht nicht auf Witze über die Arbeit. Vermutlich befürchtet er, das könnte sich irgendwann irgendwie gegen ihn wenden. Er ist eben ein durch und durch korrekter Mensch. Einerseits brauchen wir solche in unserer Abteilung, andererseits kann so einer nicht damit rechnen, mal an kompliziertere Sachen herangelassen zu werden, mit deren glanzvoller Erledigung er die Bewunderung seiner Chefs auf sich zieht. Kompliziertere Sachen, wie die Kosiek-Sache zum Beispiel. Die ersten zwei Guinness waren gut zum Anwärmen, und ich versuche, die Kosiek-Sache von der positiven Seite zu betrachten. Immerhin, würde es mir gelingen, den gordischen Knoten zu lösen, wäre ich der Held des Tages. Aber zwei Guinness genügen nicht, um mich nachhaltig für diese völlig schwachsinnige Hoffnung zu begeistern. Rumenich hätte mir nichts gegeben, bei dem mir auch nur die geringste Chance auf glanzvolle Erledigung geblieben wäre. Nein, nein, meine Defensivstrategie, in deren Zentrum meine alles erklärende, alles berücksichtigende, alles aufdeckende, entwirrende und damit lösbar machende und mir deshalb den Kopf aus der Schlinge ziehende Aktennotiz steht, ist die einzig richtige.

Bellmann erzählt öden Käse von seinem Schreibtisch. Ich beginne gerade, mich ernstlich zu langweilen, was ich daran merke, dass ich versuche, die kurzen, fettigen Härchen zu zählen, die aus seinen Nasenlöchern herauswachsen, da erwähnt er etwas, was mein Interesse weckt. Die

Furnituro GmbH. Bellmann war noch nie bei mir zu Hause, er kennt auch meine Privatadresse nicht, weiß also höchstwahrscheinlich nicht, dass sich das «Stilmöbelparadies» zufällig in dem Haus befindet, in dem ich wohne. Ich hatte den Fall einmal selber in Arbeit, er wurde aber bald an Bellmann «zur weiteren Verwaltung» gegeben, nachdem ich herausgefunden hatte, dass die im Handelsregister eingetragenen Gesellschafter und Geschäftsführer der Furnituro GmbH flüchtig waren. Neuer Inhaber des Ladens war ein gewisser Anatol – wir hatten noch nicht mal seinen Nachnamen –, der aber in keinerlei «offizieller» Beziehung zur Furnituro GmbH stand. Unsere Forderung von immerhin 1,2 Millionen hat er deshalb kaltlächelnd zurückgewiesen. Also wurde die Losung «Abwarten und Tee trinken» ausgegeben, Bellmann bekam den Vorgang, und ich hatte eigentlich erwartet, dass ich nie wieder etwas davon hören würde. Aber Bellmann hat inzwischen gearbeitet.

«Du weißt ja noch, es gibt da unseren Freund Anatol, der wiederum mit einem gewissen Uwe am Machen ist. Diesen Uwe kennen wir auch, er hat vor ein paar Jahren ein Fitness- und Taekwondo-Center in den Sand gesetzt, Konkurs mit allen Schikanen. Derzeit ist er aber sauber, er hat im gleichen Haus ein Fitness-Center, ‹Ladys Only›, das zu laufen scheint.»

«Und?»

«Ich will versuchen, Beweise dafür zu kriegen, dass Anatol sich nicht nur aus Leidenschaft mit nachgemachten Stilmöbeln beschäftigt. Ich will beweisen, dass er ein Strohmann für die Leute hinter der Furnituro GmbH ist. Wenn das gelingt, könnten wir ihn vielleicht als faktischen Geschäftsführer drankriegen.»

«Was für Geschäfte sollen das sein?»

«Keine Ahnung, aber wenn ich einen Privatdetektiv dafür genehmigt bekomme, finde ich's raus.»

Natürlich ist das eine Frage an *mich,* ich bin formal sein Vorgesetzter, einen Privatdetektiv für Ermittlungen gegen einen Schuldner muss *ich* ihm genehmigen, niemand sonst. Bei einer Kreditsumme von 1,2 Millionen ja eigentlich kein Problem, aber irgendetwas hält mich davon ab, ihm den Gefallen zu tun. Ich weiß nicht, warum, aber ich habe einen ganz kurzen Moment lang so ein Gefühl gehabt, als müsse ich «Anatol» und «Uwe» diesen Bellmann vom Leib halten. Warum eigentlich? Ich kenne sie doch gar nicht. Es sind irgendwelche Leute, die der Bank Geld schulden, das ist normal. Liegt es daran, dass ich im gleichen Haus wohne wie sie? Bin ich dabei, sentimental zu werden? Nein, es muss etwas anderes sein. Es ist ein ganz klarer destruktiver Impuls. Ich mag nicht, dass die Bank «Anatol» und «Uwe» platt macht. Ich sage zu Bellmann:

«Einen Detektiv? Da müsstest du mir schon etwas mehr bringen als reine Vermutungen. Sonst krieg ich das nicht durch.»

Er weiß so gut wie ich, dass ich das nirgends durchbringen muss, denn es ist allein meine Kompetenz. Er gibt sich Mühe, seine Verstimmung zu verbergen, aber es gelingt ihm nicht. Ich frage mich, ob das der Anlass seiner Einladung war, ob er lediglich einen Detektiv bei mir durchbringen wollte, mir zeigen wollte, dass er engagiert seinem Job nachgeht. Je länger ich rätsle, desto sicherer bin ich mir in meinem Entschluss. «Anatol» und «Uwe» haben wirklich Glück. Der Abend ist gelaufen, Bellmann gibt sich keine Mühe mehr. Wir trinken unser drittes Bier aus, und das war's dann.

14.

Die klassische Reaktion des Angestellten auf wachsenden Druck durch seine Vorgesetzten ist Schlaflosigkeit. Ich kann Ihnen versichern: In diesem Sinn reagiere ich klassisch auf die Übertragung der Kosiek-Sache. Ich sitze nachts um zwei völlig zerschlagen und doch unfähig zu schlafen im Wohnzimmer, der Fernseher läuft ohne Ton, ich blättere gedankenverloren in «Heute ist ein schöner Tag». Gedankenverloren, das klingt so anheimelnd, geordnet. Aber es handelt sich um nichts weiter als ein diffuses Rauschen in meinem Kopf, so wie früher das Rauschen aus dem Fernseher nach Sendeschluss, als es noch einen Sendeschluss gab.

Ich bereue es, keine Akten mit nach Hause genommen zu haben. Das war sehr unvorsichtig. Was ich zu Marianne gesagt habe, ist eben kein Scherz. Die Akten führen ihr Eigenleben, und es ist dem menschlichen Leben feindlich. Rumenich verfolgt mich mit Aktennotizen.

Sie formuliert darin kurze, präzise Fragen. Madame Farouche bringt sie mir in meiner Unterschriftsmappe. Ich staune über Rumenichs detaillierte Kenntnisse in der Kosiek-Sache. Sie fragt und fragt. Herr Schwarz, was sagen Sie zur Problematik der Übersicherung, dieses und jenes Grundstück betreffend?

Ich suche den Vorgang, den ich nicht kenne, von dem ich noch nie etwas gehört habe, aus dem Aktenberg, den Bellmann in meinem Zimmer abgeladen hat, heraus. Die

Akte wurde 1965 angelegt, ein Jahr nach meiner Geburt. Ich wusste nicht, dass es hier ein Problem gibt. Niemand hat je mit mir darüber gesprochen. Aber meine Aufgabe ist es, jedes Detail aus diesen – wieviel hundert sind es? – Akten zu kennen, jede Akte enthält unzählige von diesen Details, doch wie die wichtigen von den unwichtigen unterscheiden, wenn man nicht weiß, was in den anderen steht, wenn man die, die mit jenen in Zusammenhang stehen, nicht kennt?

Rumenich schickt mir diese Ein-, Zwei-, Dreizeiler, manchmal vier, fünf, sechs am Tag. Ich spreche nicht mit ihr darüber, beziehungsweise sie spricht nicht mit mir darüber, aber wenn ich sie zufällig im Gang treffe, fange ich sofort mit komplizierten Erklärungen an.

«Ich bin sicher, Sie werden mir das alles in einer ausführlichen, nachvollziehbaren Darstellung schriftlich liefern. Es hat doch keinen Sinn, sich jetzt über Einzelheiten zu unterhalten – nicht?»

Sicher. Sicher doch. Ich gehe zurück in mein Zimmer, und ein paar Minuten später trifft eine neue Aktennotiz ein, mit einer neuen Frage, auf die ich keine Antwort weiß. Es sind mörderische kleine Botschaften, die Rumenich mir da schickt. Ihr eigentlicher Inhalt bleibt immer ungesagt: «Ich kriege dich, Schwarz, ich kriege dich; siehst du, wie ich sammle? Siehst du, wie aussichtslos es ist, dich zu wehren?»

Ich fertige Entwürfe an und begreife, jede Lösung, die ich zu formulieren versuche, wirft etliche neue Probleme auf. Ich versuche, auch diese in meine Ausarbeitung einzubeziehen, wobei natürlich jede neu sich eröffnende Variante weitere Varianten neu eröffnet, die ebenfalls bedacht und abgehandelt werden müssen. Ich bekomme Boden unter die Füße! Ich kläre Grundsätzliches! Ich werde mutig! Nur um dann festzustellen, dass in einer Akte aus dem Jahr 1978, auf die mein Blick eher beiläufig fällt, ein unterdessen längst verstorbener Kollege handschriftlich am Rand einer amtlichen Urkunde ein paar kleine Bemerkungen gemacht hat, die mir sagen, dass schon meine Ausgangsüberlegungen völlig falsch waren, völlig unhaltbar, weil sie eben genau diese handschriftlichen Bemerkungen nicht berücksichtigen, aus denen sich das glatte Gegenteil dessen ergibt, was ich bisher – ohne es zu wissen, wie ich jetzt feststellen muss, einfach nur ins Blaue hinein – vermutet habe.

Es gibt Tage, da bin ich wirklich voller Zutrauen zu mir und meinen analytischen Fähigkeiten, ich habe gut ausgeschlafen und gefrühstückt und gehe mit dem festen Vorsatz ins Büro, der Kosiek-Sache ihren Schrecken zu nehmen, doch je gesünder und kräftiger mein Wille am Morgen ist, desto verheerender fällt am Abend die Bilanz aus. Wieder habe ich es nicht fertiggebracht, unangreifbare Ergebnisse zu liefern, bestenfalls einige skizzenhafte Ausarbeitungen, die nur ganz vorläufigen Charakter haben.

Ich bin nun wirklich nicht so einfältig zu glauben, Rumenich hätte Macht über mich, über mich als Ganzes, meine ich, könne mich also vernichten, sei vielleicht schon dabei, es zu tun – aber ich fühle mich genau so. Wenn die Kollegen in der Abteilung von der Kosiek-Sache sprechen, fällt häufig das Wort «Eigendynamik», manchmal auch «ungeheure Eigendynamik». Sie sprechen es, wie mir vorkommt, mit furchtsamem Respekt aus. Ich begreife langsam, warum.

Aber ich habe keine Wahl, Rumenich würde mich glatt fragen, was ich überhaupt in der Bank will, wenn ich nicht bereit bin, die Kosiek-Sache zu bearbeiten, und aus Sicht der Bank wäre diese Frage nur allzu berechtigt.

Kurzum, ich sitze um zwei Uhr nachts in unserem Wohnzimmer und versuche, mir sinnvolle Notizen zu machen, versuche, Klarheit zu gewinnen. Klarheit! Allein dieses Wort verströmt einen so bitteren Hohn, dass ich Magenkrämpfe davon bekomme. Als ich vorhin im Bett lag und wieder nicht einschlafen konnte, dachte ich, ich werde ins Wohnzimmer gehen und noch einige Kosiek-Probleme durchdenken und mir dabei Notizen machen. Ich dachte, ich habe ja im Großen und Ganzen sämtliche Kosiek-Probleme im Kopf. Aber das ist natürlich ein grober Irrtum gewesen. Ohne Akten ist da überhaupt nichts zu wollen. Ich freue mich regelrecht darauf, morgen ins Büro zu gehen, zu meinen Akten – ich spreche von *meinen* Akten, haben Sie es bemerkt? Solange ich die Akten habe, in ihrer Nähe bin, habe ich immer noch die Chance, alles aufzuklären, alles in eine überzeugende Ordnung zu bringen, brillante Analysen, bestechende Lösungsvorschläge zu entwickeln. Nicht wahr?

Doch auch wenn ich jetzt, nachts in meinem Wohnzimmer und ohne Akten, nicht ernstlich etwas tun kann, ist an Schlaf überhaupt nicht zu denken. Ich muss wach bleiben. Voraussetzung für eine überzeugende Leistung in der Kosiek-Sache ist, dass ich meinen Kopf zusammenhalte. Genau das aber bereitet mir zusehends Schwierigkeiten. In letzter Zeit schleichen sich mehr und mehr Flüchtigkeitsfehler ein. Das bemerkt niemand außer mir und vielleicht

Madame Farouche, die verdammt nochmal verpflichtet ist, ihre Schnauze zu halten. Aber es irritiert mich trotzdem. Mein Gehirn funktioniert nicht mehr wie früher. Bei allem, was ich unternehme, frage ich mich jetzt, ob es gegen mich verwendet werden könnte. Früher habe ich das nie getan. In «Heute ist ein schöner Tag» steht, dass diese Art zu denken – mögliche Vorwürfe anderer, das Schiefgehen einer Sache zu antizipieren – negativ ist. Wer so denkt, zieht die Scheiße magisch an, sozusagen. Ich brauche keinen Beweis für diese These. Sie überzeugt mich ohne weiteres. Ich *glaube* nicht wirklich daran, in der Kosiek-Sache bestehen zu können. Ich besitze noch genügend klaren Verstand, um zu wissen, dass es *unmöglich* ist.

Ich glotze auf den lautlos flimmernden Bildschirm wie ein Reptil. Ich schalte immer wieder von neuem die neunundneunzig Programme durch, die wir haben. Es kommt nichts, was meine Aufmerksamkeit länger als fünf Sekunden auf sich ziehen könnte. Ich sitze im Wohnzimmer bis um vier. Ich beschließe, zu duschen, mich anzuziehen und früher als üblich – schon um fünf oder halb sechs – ins Büro zu gehen. Dann schlafe ich auf dem Sofa ein. Marianne weckt mich um sieben. Sie rüttelt mich an der Schulter und fragt: «Was sollte denn *das* werden?» Ich gehe ins Bad. Ich fühle mich, als hätte ich eine Axt im Schädel stecken.

15.

Marianne und ich kommen gleichzeitig vom Büro nach Hause, zufällig, um 21 Uhr. Wie sie aussieht, geht mir sofort auf die Nerven. Vollkommen ausgezehrt, das ganze Hübsche weg, alles im Büro gelassen, bei den Kunden, bei Werner. Ich weiß, ich bin ungerecht, sehe selber auch nicht besser aus – aber spielt das im Moment auch nur die geringste Rolle? Ich frage sie und finde Gefallen an der Bosheit in meiner Stimme: «Was hast du denn da?» Ich deute mit dem Zeigefinger abwechselnd auf ihre Augenwinkel. Verlaufene Schminke hat sie da, aber ich will es *hören*.

«Was hab ich wo?», fragt sie laut zurück, mühsam beherrscht, ich merke: Auch sie hat durchgeladen.

«An den Augen. Ist das Dreck?»

Wir stehen noch vor der Wohnungstür. Marianne sperrt auf. Wir sind drin. Sie geht ins Bad und sagt: «Arschloch.»

Es tut mir leid. Ich versuche, ihr ins Bad zu folgen, sie merkt es und schließt ab.

Ich will mir ein Bier aus dem Kühlschrank nehmen, es ist keines da, ich setze mich vor den Fernseher. Marianne kommt aus dem Bad. Sie ist abgeschminkt und sieht alt aus, krank. So wie Frauen im Krankenhaus aussehen. Sie fragt:

«Und, was essen wir?»

«Bestell uns ’ne Pizza.»

«Bestell du sie doch.»

Ich will es nicht übertreiben, also lenke ich ein. In Ordnung, zwei Pizzas, vier Bier. Kommen in einer Dreiviertelstunde. Wir sollten uns unterhalten.

«Was ist denn los mit dir?»

«Was soll denn mit mir los sein?»

«Du bist so gereizt.»

«Ich? Gereizt? Dass ich nicht lache! *Du* bist doch zum Kotzen drauf!»

«Hör bloß auf. Ich will nur meine Ruhe.»

«Seine Ruhe will er! Das ist ja zum Schreien!»

«Schrei lieber nicht. Es reicht auch so schon. Was ist denn los mit dir?»

«Was soll los sein. Ich werde wahrscheinlich meinen Job verlieren!»

«Wieso *das* denn? Du bist doch vor ein paar Wochen erst Campaign Managerin geworden.»

«Na und? Und ein paar Wochen später flieg ich raus! Success is a daily issue, kapiert?»

«Schwachsinn!»

«Ja, Schwachsinn.»

«Also was ist los?»

«Ich hab Scheiße gebaut. Scheiße.»

«Jetzt sag doch endlich, was passiert ist!»

«Die Hamburger-Kampagne. Die Plakate haben heute die Druckerei verlassen, wurden ausgeliefert. Morgen hängen sie an jeder Plakatwand, an jeder Litfaßsäule,»

«Und?»

«Ich habe telefonisch die Freigabe erklärt. Allerdings habe ich vorher noch gemerkt, dass der Name unserer Agentur am Rand falsch geschrieben war. Ich habe denen gesagt, das Plakat ist in Ordnung, aber das muss noch geändert werden.»

«Aha.»

«Ich hätte das schriftlich machen müssen, aber ich habe es telefonisch gemacht.»

«Wo ist das Problem?»

«Wo das Problem ist? Die von der Druckerei leugnen natürlich, dass ich gesagt habe, der Name ist falsch geschrieben. Es ist allein meine Schuld. Es ist die größte Kampagne, die die Agentur je gemacht hat. Und ich, die Campaign Managerin, habe dafür gesorgt, dass ihr Name auf jedem einzelnen dieser Scheißplakate falsch geschrieben ist. Hallo, Arbeitsamt!»

«Hat Werner schon etwas dazu gesagt?»

«Er hat mich zu sich gerufen. Rufen lassen, durch seine Assistentin. Macht er sonst nie. Er sprach so ganz ruhig mit mir, als müsse er mir kondolieren. Als ich sein Gesicht gesehen hab, war mir sofort klar, ich bin draußen.»

«Draußen?»

«Natürlich hat er das nicht gesagt. Er hat genau genommen überhaupt nichts gesagt. Aber es ist klar, eine Selbstverständlichkeit, über die man nicht reden muss.»

«Und was machst du jetzt?»

«Keine Ahnung. Morgen wieder hingehen. Meine Sachen in Ordnung bringen. Abwarten, was passiert. Nicht selbst kündigen natürlich. Auf den Brief mit dem Abfindungsangebot warten.»

«Und du willst gar nicht kämpfen?»

«Kämpfen? Um was denn? Um meinen Job? So naiv dürftest du eigentlich nicht sein, bei dem Job, den *du* machst.

Wenn ich ein paar tausend Mark aus dem Bürosafe genommen, aber die Kampagne erfolgreich beendet hätte, dann hätte Werner das mit mir geregelt. Aber den Namen seiner Agentur falsch schreiben, bei der größten und wichtigsten Kampagne, die er je gemacht hat? No way, José!»

«Eigentlich ist das ja sehr komisch, ich –»

Genau in dem Moment, als ich das Wort komisch zu Ende gesprochen habe, springt Marianne auf, ihre Gesichtszüge entgleisen, sie zerbirst förmlich und rennt schluchzend ins Schlafzimmer. Ich kann nicht leugnen, dass ich sie beneide. Jawohl, beneide. Marianne hat keine Ahnung davon, dass ich in ein paar Tagen auch dran bin. Nur die quälende, vollkommen sinnlose Arbeit an meiner Aktennotiz trennt mich noch von der Straße, um das mal pathetisch zu formulieren. Bei Marianne herrschten immer klare Verhältnisse. Erst drinnen, dann draußen. Für jemanden wie mich, der seit Wochen unerlöst in einem Zwischenreich dahinsiecht, scheint das von befreiender Einfachheit. Ich habe ja noch meine Chance, die keine ist.

Ich höre, dass Marianne, nachdem sie sich ausgeweint hat, ins Bad verschwindet. Ich müsste zu ihr gehen, um sie zu trösten, ich weiß. Aber ich habe keine Lust. Das hat weniger mit ihr zu tun, als Sie vielleicht glauben. Es hat mit unserem bisherigen Leben zu tun, in dieser Wohnung, die mir jetzt so vorkommt, als gehöre sie anderen Leuten. Hier wohnt ein jüngeres, einkommensstarkes, kinderloses Paar, das genug Geschmack und Geld hat, die Dinge nach seinem Willen zu ordnen. Und das sind nicht mehr wir.

Ich wusste immer schon, dass das kommen würde. Das war kein billiger Pessimismus. Die Vorläufigkeit ist Teil des

Systems, das wir für uns gewählt haben. Wie sagte Marianne? Success is a daily issue. Das war mal eine Werbung des «Wall Street Journal», wenn ich mich recht erinnere. Die müssen es ja wissen. Was sie sagen, gilt auch hier, weit weg von der Wall Street. Leute wie wir werden eine bestimmte Zeit lang für die Erledigung bestimmter Aufgaben sehr gut bezahlt. Dann, rechtzeitig bevor sie sich etablieren, werden sie durch andere, neue ersetzt, die ein bisschen hungriger sind, ein bisschen billiger, ein bisschen weiter weg von der Idee, groß werden, wirklich mitmischen zu wollen. Andere machen das Rennen, so wie wir vor drei, vier Jahren das Rennen gemacht haben. Ich finde an diesem Gedanken nichts Schreckliches. Es ist nur überraschend, dass jetzt offenbar der Zeitpunkt gekommen ist, an dem der Austausch stattfindet. Und es ist natürlich erst recht überraschend, dass Marianne als Erste dran ist. Ich habe sie immer für besonders fit, besonders anpassungs- und leistungsfähig gehalten. Offensichtlich ist auch ihre Zeit begrenzt.

Die Pizzas kommen. Ein freundlicher Mann aus irgendeinem Land der Erde, das ihm so wenig zum Leben bietet, dass er die fünf Mark Stundenlohn, die er hier kassiert, als korrekte Bezahlung betrachtet, reicht sie mir herein. Ich gebe ihm ein für seine Verhältnisse stattliches Trinkgeld. Eigentlich gebe ich nie Trinkgeld. Ich schneide eine Ecke von meiner Pizza ab, nehme mir eine Bierflasche und setze mich vor den Fernseher. Es läuft eine Flirt-Show, ich verfolge sie mit Interesse.

16.

Eine allumfassende Aktennotiz über einen Komplex wie die Kosiek-Sache zu verfassen erfordert Mut, Geschick, Unerschrockenheit und einen klaren Verstand. Eigenschaften, die ich während meiner Arbeit daran weitgehend eingebüßt habe.

Ich spreche in mein Diktiergerät, ich rede mich heiß, ich denke dabei an Rumenich. Ich habe sie diktieren sehen, ich habe sie beobachtet, ich war begeistert, sie verhält sich dabei wie ein eleganter Fechter aus einem Mantel-und-Degen-Film. Sie spricht rasend schnell und hat einen beinahe vergeistigten Gesichtsausdruck, dem man ansieht, dass sie sich gerade in allen Einzelheiten ihren Adressaten vorstellt, den sie im Begriff ist abzustechen. Sie ist erregt, ihre Wangen glühen, sie ist brillant, ihre Gegner haben keine Chance. Ich versuche, zu diktieren wie sie. Mein Blick fliegt über die Stapel handschriftlicher Notizen, die ich in den vergangenen Wochen angefertigt habe – aber es gelingt mir nicht, so *abzuheben,* wie Rumenich das tut. Ich spiele mir vor, dass ich es tue, rede mir ein, meine Ausführungen seien bestechend, wo sie in Wirklichkeit fragwürdig sind. Heute Abend muss ich sie Rumenich auf den Schreibtisch legen, sie will sie morgen früh haben, übermorgen will sie die Sache mit mir besprechen.

Nach ein paar Stunden bin ich erschöpft und habe meine Arbeit beendet. Die Aktennotiz ist fertig. Madame Farouche hat alles getippt. Es ist ein beeindruckender Stoß

Papier, über fünfzig Seiten. Ich bin zufrieden und spare mir das letzte Korrekturlesen. Ich trage Madame Farouche auf, mein Werk Rumenichs Sekretärin zu übergeben, mit den besten Empfehlungen.

Dann mache ich mich auf zur Betriebsfeier. Eine Personalfrau, eine gewisse Frau Zwängler, feiert im Partykeller der Bank ihren fünfzigsten Geburtstag. Sie hat auch mich eingeladen, über die Hauspost, herzlichst. Da muss ich natürlich dabei sein. Auf dem Weg in den Keller fühle ich eine Erleichterung geradezu albernen Ausmaßes in mir aufsteigen. Ich habe die Kosiek-Sache erledigt! Ich habe es tatsächlich geschafft! Rumenich wird selbstverständlich etliches in meiner Ausarbeitung finden, was fragwürdig oder gar falsch ist. Aber das ist im Augenblick überhaupt nicht wichtig. Ich habe meinen Albtraum der vergangenen Wochen besiegt, das allein zählt. Nie wieder Kosiek. Diese Party ist meine Party. Ich komme als einer der Letzten in den Keller. Ich sehe Bellmann, ich sehe Rumenich, ich nicke ihnen geschäftsmäßig zu und kümmere mich um etwas zu trinken.

Die Zwängler hat zur Feier des Tages einen Fruchtpunsch angesetzt, der kräftig durchgegoren ist. Ich bemerke, dass sich die Gäste beim Trinken vor Widerwillen schütteln, aber natürlich sagt niemand etwas, niemand will der Jubilarin zu nahe treten. Das übrigens scheint überhaupt das Schicksal der Zwängler zu sein, dass ihr niemand zu nahe treten will. Hängt vielleicht mit ihrer Eigenschaft als Personalreferentin zusammen. Zwar kann sie Kündigungen und Disziplinarmaßnahmen nicht selbst verhängen, aber doch immerhin lancieren, und ihrer ganzen Art nach vermittelt sie durchaus den Eindruck, dass sie das auch tut, wenn es ihr gefällt. Sie ist Junggesellin und spätestens jetzt, da sie fünfzig wird, «eine alte Jungfer», wie sie in den zehn Minuten, die ich jetzt hier bin, schon mehr als einmal in die Runde gerufen hat.

Ich kann mir das gar nicht so recht erklären, denn sie sieht eigentlich gar nicht so verkehrt aus, abgesehen davon, dass sie fünfzehn Jahre älter ist als ich, aber für mich kommt sie ja auch gar nicht in Frage, diese Zwängler.

Irgendwann im späteren Verlauf des Abends komme ich neben ihr zu sitzen, links ich, rechts Bellmann und in der Mitte die Zwängler, über deren Busen hinweg ich mich mit Bellmann über Vollstreckungsfälle unterhalte und dabei einen Fruchtpunsch nach dem anderen in mich hineintrinke, ebenso wie übrigens auch Bellmann und alle anderen am Tisch. Dazwischen spreche und spreche ich über den – eigentlich gar nicht so verkehrten – Busen der Zwängler hinweg mit Bellmann und rieche das vom vielen Lachen und Trinken und Feiern erhitzte Fleisch der Zwängler, und irgendwann fahre ich – mir ist im gleichen Moment bewusst, wie vollkommen unmöglich es ist, was ich tue – mit meiner rechten Hand zum linken Knie der Zwängler hinunter, um es zu massieren oder zu streicheln, was die Zwängler ohne jeden Mucks geschehen lässt, sodass ich immer weitermache und mit der rechten Hand ihr linkes Knie massiere, das sich übrigens noch recht kräftig anfühlt, ebenso wie der Oberschenkel, zu dem ich mich langsam, millimeterweise, hinaufarbeite, wobei ich taktvoll versuche, das Hochratschen des Rocks zu vermeiden. Ich bin beinahe besinnungslos von dem vergorenen Fruchtpunsch und dem, was ich da tue, und – Höhepunkt des Kontrollverlustes! – jetzt tatsächlich richtig scharf auf diese Frau.

Und da passiert es: Bellmann, der sonst nicht raucht, jetzt aber schon, lässt, weil er im Halten von Zigaretten offenbar nicht geübt ist, die seine versehentlich unter den Tisch fallen und springt ihr so schnell hinterher, dass ich, der ich davon überrascht wurde, meine Hand nicht mehr rechtzeitig vom Bein der Zwängler wegbringe. Meine erste Befürchtung ist natürlich, dass Bellmann seine Entdeckung sofort publik machen und über den Tisch hinweg schreien wird: «Der Schwarz hat seine Hand auf dem Knie von der Zwängler!», oder etwas ähnlich Direktes. Das tut er aber nicht, was mich allerdings nur kurz erleichtert, denn sein maliziöses Lächeln zeigt mir an, dass er die Sache keineswegs auf sich beruhen lassen wird.

Die Lust ist mir deshalb buchstäblich vergangen, während ich sie in der Zwängler ebenso buchstäblich entfacht zu haben scheine. Obwohl oder gerade weil ich nun meine Hand von ihrem Knie strikt fernhalte, sucht und findet ihre nun das meine und massiert es auf fordernde und schmerzhafte Weise. Stocksteif mache ich mich, was die Zwängler jedoch nur herausfordert, ihre Bemühungen mit immer stärkerem Nachdruck zu versehen und mir das ganze Knie grün und blau zu kneten. Bellmann hört unterdessen nicht auf, mich scheinbar verschwörerisch anzugrinsen. Es entgeht ihm auch nicht, dass es nunmehr die Zwängler ist, die sich an mich heranmacht, und ich versuche, ihm durch das teilnahmslose Gesicht, das ich mache, zu bedeuten, dass mir dies geradezu grotesk vorkommt und ich damit nichts zu schaffen habe, doch Bellmann ist nicht zu täuschen, weiß er doch, dass ich es gewesen bin, der die Zwängler erst so in Fahrt gebracht hat.

Mehr passiert gar nicht an diesem Abend, der in einem infernalischen Fruchtpunschrausch der gesamten anwesenden Belegschaft endet. Ich bekomme noch mit, dass sich die Zwängler am Ende einen Außendienstleiter schnappt, der ihr auch tatsächlich zu Willen ist.

Bellmann begleitet mich im Taxi nach Hause, weil ich nicht mehr in der Lage bin, allein zu fahren. Mir ist zum Kotzen, und ich schäme mich so entsetzlich vor ihm. Bin ich denn wirklich der erotischen Ausstrahlung der Zwängler erlegen? Hat die Zwängler eine erotische Ausstrahlung? Das Ausmaß meiner Selbsterniedrigung zeigt sich ja nicht in der Entdeckung meines an sich lächerlich geringfügigen sexuellen Übergriffs durch Bellmann, sondern in der Tatsache, dass ich es offenbar *nötig* hatte, der alten Vettel unter den Rock zu fassen. Ich wollte mich damit selbst verletzen, so schwer wie möglich, und das ist mir hervorragend gelungen, denke ich, während ich mit glasigen Augen aus dem Taxifenster sehe, um Bellmann nicht anschauen, nicht mit ihm reden zu müssen.

Er liefert mich an der Wohnungstür ab, wo mich Marianne in Empfang nimmt.

Ich wanke an ihr vorbei ins Badezimmer, wo ich literweise halbverdauten Fruchtpunsch in die Kloschüssel speie. Marianne kommt nach und hält mir den Kopf.

17.

Ein luftiger Tag. Ich trete hinaus in den Morgen mit jenem erregenden Gefühl von Unsicherheit und Erwartung, das sich immer dann einstellt, wenn man zu einer großen Reise aufbricht. Ich bin zu spät dran, um halb zehn hätte ich einen Termin bei Rumenich gehabt – Besprechung meiner Aktennotiz in Sachen Kosiek –, aber ich bin nicht hingegangen. Ich gehe erst jetzt hin, es ist halb elf. Marianne hatte mich gefragt: «Musst du nicht aufstehen?», und ich schraubte mich für zwei weitere Stunden in die Kissen, sie gab es bald auf, mich wecken zu wollen. Sie ging in ihre verfluchte Agentur, weiß der Henker, was sie dort mit sich anstellen lässt. Ich gehe jetzt in meine verfluchte Bank und weiß ganz genau, was mich erwartet. Rumenich mit ihrer sicherlich sorgfältig inszenierten Darbietung «Die Kündigung des Thomas Schwarz», letzter Akt. Ich konnte es mir nicht versagen, sie durch unverschämte Unpünktlichkeit ein wenig aus der Fassung zu bringen. Jetzt sind meine Schritte leicht, ich bin der Mann, der zu spät kommt, so sehr zu spät, dass er sich keine Sorgen mehr machen muss, ob er den wichtigen Termin, das alles entscheidende Meeting, die außerordentlich bedeutende Besprechung nicht vielleicht doch noch einhalten kann. Ich komme vogelfrei, und was stört es mich da, dass der einzige Anlass meines Aufkreuzens der ist, mich von Frau Rumenich für vogelfrei erklären zu lassen? Ich bin noch nie in die Bank gefahren in der Gewissheit, nicht mehr dazuzugehören. Eine sehr amüsante, irgendwie leichtsinnig anmutende Empfindung, ja, Leichtsinn ist genau das richtige Wort. Der Spott wird immer lauter in mir, je näher ich Rumenichs Zimmer komme, zuerst U-Bahn-Station für U-Bahn-Station, dann Schritt für Schritt, über die Straßen, durch die Treppenhäuser, schließlich die Flure, die zu ihrem Hauptquartier führen, von dem aus sie «diese Abteilung zu dem gemacht hat, was sie heute ist», wie sie in letzter Zeit gerne betont hat.

Ihr Selbstvertrauen ist gewachsen, und das hat gute Gründe, schließlich ist es ihr, der Interimsfrau, gelungen, mich, den langjährigen Kandidaten für den Abteilungsleiterposten, zu eliminieren. Respekt!

Ich trete ein, direkt in ihr Büro, ohne anzuklopfen, aber nicht forsch, nicht unhöflich, ich will keine Konfrontation, ich würde dabei ohnehin den Kürzeren ziehen. Sie sitzt hinter ihrem Schreibtisch, über meiner Ausarbeitung, wie ich vermute, hebt den Kopf, und ein Lächeln, ein Verschwörerlächeln geradezu, huscht über ihr Gesicht. Einen Augenblick hält sie inne, als ob sie überlegte, mich hinauszuschicken und über ihr Sekretariat wieder hereinkommen zu lassen, dann bietet sie mir einen Stuhl an. Ich sage, ich wolle lieber stehen, danke. Ich weiß genau, was sie jetzt sagen wird.

Sie wird sagen, *Herr Schwarz, ich habe mit der Geschäftsleitung gesprochen.*

«Herr Schwarz, ich habe mit der Geschäftsleitung gesprochen.»

Sie wird sagen: *Ich habe Ihre Arbeit in der Kosiek-Sache die letzten Wochen intensiv verfolgt, und das Ergebnis schien mir wert, auch im verantwortlichen Kreis erörtert zu werden.*

«Ich habe Ihre Arbeit in der Kosiek-Sache die letzten Wochen intensiv verfolgt, und das Ergebnis schien mir wert, auch im verantwortlichen Kreis erörtert zu werden.»

«Intensiv verfolgt» ist brillant formuliert, Frau Rumenich – denke ich, sage es aber nicht. Ich will es ihr nicht leichter machen als nötig.

Es fällt niemandem, der eine verantwortliche Position in diesem Haus hat, leicht, es offen auszusprechen. Sie sind selbst in einer verantwortlichen Position, Sie wissen, was ich meine. Was ich sagen will, ist: Ihre Ausarbeitung in der Kosiek-Sache hat für allergrößte Unruhe gesorgt.

«Es fällt niemandem, der eine verantwortliche Position in diesem Haus hat, leicht, es offen auszusprechen. Sie sind selbst in einer verantwortlichen Position, Sie wissen, was ich meine. Was ich sagen will, ist: Ihre Ausarbeitung in der Kosiek-Sache hat für allergrößte Unruhe gesorgt.»

«Unruhe», murmle ich und sehe nun doch leider zu Boden, wie ein Halbwüchsiger, dem die Leviten gelesen werden.

Es wurde von Ihnen erwartet, dass Sie diesen Fall lösen, Herr Schwarz. Stattdessen hat die Bank von Ihnen – nach wochenlanger Arbeit, wohlgemerkt – ein Schriftstück erhalten, das nichts weiter als eine Aufzählung der Probleme darstellt. Probleme, die alle aktenkundig sind, verstehen Sie?

«Es wurde von Ihnen erwartet, dass Sie diesen Fall lösen, Herr Schwarz. Stattdessen hat die Bank von Ihnen – nach wochenlanger Arbeit, wohlgemerkt – ein Schriftstück erhalten, das nichts weiter als eine Aufzählung der Probleme darstellt. Probleme, die alle aktenkundig sind, verstehen Sie?»

Sie redet weiter in diesem Stil, in diesem Tonfall, und ich bemerke, dass ich jetzt auch noch zu grinsen beginne wie ein unbotmäßiger Schüler, der einen Verweis erhält, den er nicht ernst nimmt. Ich kann nicht auseinanderhalten, was sie mir sagt und was ich mir *vorstelle,* dass sie mir sagt, denn es ist ja immer exakt das Gleiche.

Herr Schwarz, alles zusammengefasst, muss ich Ihnen mitteilen, dass die Geschäftsleitung beschlossen hat, Ihnen die Gelegenheit zu geben, sich beruflich anderweitig zu orientieren.

«Herr Schwarz, alles zusammengefasst, muss ich Ihnen mitteilen, dass die Geschäftsleitung beschlossen hat, Ihnen die Gelegenheit zu geben, sich beruflich anderweitig zu orientieren.»

Jetzt wird es absolut ekelhaft, denn ich muss das Spiel natürlich mitspielen, wenn ich nicht auf die harte Tour davongejagt werden will. Ich sage: «Nun, das kommt mir nicht unbedingt entgegen, wie Sie vielleicht wissen, aber ich nehme diese Herausforderung selbstverständlich an.»

Und als gäbe es jetzt ein gemeinsames Projekt zu besprechen, fahre ich in engagiertem Ton fort:

«An welchen zeitlichen Rahmen haben Sie dabei gedacht?»

Ja, schon schnellstmöglich, Herr Schwarz.

«Ja, schon schnellstmöglich, Herr Schwarz.»

Ja, genau, dann also schnellstmöglich, denke ich.

«Nun gut, ich glaube, ich werde mich am besten auf meine neue Aufgabe konzentrieren können, wenn ich einstweilen mein Büro räume. Ich sollte meine Neuorientierung ja dann am besten wohl von zu Hause aus vornehmen, nicht?»

Um es ganz klar zu sagen, Herr Schwarz. Bis zum Ablauf der Kündigungsfrist sind Sie freigestellt, und es wird Ihnen die in diesen Fällen übliche Abfindung bezahlt.

«Tut mir wirklich leid für Sie, Herr Schwarz. Aber Sie müssen zugeben, dass es hier für Sie nichts zu tun gibt, solange ich da bin.»

Wie bitte? Habe ich mich verhört? Ich bin mir nicht sicher. Was hat sie gesagt? Ich murmle vorsichtshalber: «Ja, sicher, Sie haben recht», und sehe Rumenich an, dass sie die Unterredung für beendet hält.

Auch ich muss zugeben, dass der Fall einigermaßen klar liegt, ich sage «Ja dann!» und verlasse etwas umständlich Rumenichs Büro, die es vorzieht, mir nicht hinterherzuschauen, sondern wichtige Papiere auf ihrem Schreibtisch zu ordnen.

So einfach habe ich es mir nicht vorgestellt.

18.

Also: gefeuert. Das Schlimmste ist im Augenblick, dass ich plötzlich so einen Ohrwurm habe, den ich nicht mehr loswerde. «Sie haben mich gefeuert, weil ich nicht mehr dreißig bin.» Das singt eine kehlige Männerstimme in diesem grundverlogenen Ton, der Schlagern nun mal eigen ist. Abgesehen davon ist der Text natürlich totaler Stuss. Niemand wird gefeuert, weil er nicht mehr dreißig ist. Ich bin doch gerade Mitte dreißig und werde auch gefeuert! Was für eine Losertheorie. Man wird gefeuert, weil man Scheiße gebaut hat. Heißt es. Aber das stimmt auch nicht. Gefeuert wird man, weil andere Leute es beschließen, weil sie sich auf einen einigen, der fliegen muss, und der fliegt dann.

Ich komme zurück aus Rumenichs Büro, habe einen Geschmack wie Sägemehl auf der Zunge und kriege diesen Ohrwurm nicht aus dem Kopf. Das ist so ein «Hit» von der Sorte, wie sie in den Juke-Boxen von Stehausschänken laufen. Zwanzig oder mehr Jahre alt, eigentlich längst vergessen, aber immer noch gut genug, um ein paar Wracks am Tresen zum Heulen zu bringen, zum Weitersaufen und dazu, der Barschlampe, die das gar nicht hören will, das Herz auszuschütten. Ja, so wird es werden, ich werde mit rotgeränderten Augen und stinkend in meinem speckig gewordenen Calvin-Klein-Anzug morgens um zehn «Bei Helga» stehen und ihr über dem achten Underberg auseinandersetzen, dass es ein entsetzliches Unrecht war, was mir geschehen ist, dass es da diese Frau gab, Rumenich, die mich aus der Umlaufbahn meines Erfolges gekickt hat, dass ansonsten alles ganz anders gekommen wäre, und so weiter und so fort.

Dabei sind das ja nur ganz alberne Klischees, wie wir wissen. Jeder hat nämlich die Chance, auch nach dem bittersten Niederschlag wieder aufzustehen und zu sagen: «Heute ist ein schöner Tag!» Ja, so muss man es nur betrachten. Wenn Rumenich mir kündigt, ist das einfach der Startschuss zu meinem neuen Leben! Ich bin glücklich, ich bin frei! Es wird mich einige Mühe kosten, Marianne meinen Rausschmiss als Erfolgsstory zu verkaufen, aber es wird mir gelingen. Oder wird sie mich für einen Versager halten? Das ist doch auch so was, was jeder Arbeitslose angeblich denkt, dass er ein «Versager» ist. Ich werde neben Marianne im Bett liegen und auf ihre Versuche, mich zu verführen, nicht eingehen, stattdessen kettenrauchend an die Decke starren und irgendwann raunen: «Du hast etwas Besseres verdient als mich.»

Auch Quatsch. Woher habe ich nur diese Bilder im Kopf? Aus dem Fernseher? Aus der Zeitung? Weiß der Kuckuck woher; angesammelt in mühsamer jahrzehntelanger Kleinarbeit. Alles Schwachsinn. Jetzt gilt es, sich mit positiven Bildern aufzuladen, klar zu denken, flexibel zu sein, Chancen zu erkennen und zu nutzen. Als ich in mein Büro eintrete und die Tür hinter mir schließe – verschließe, ich drehe den Schlüssel im Schloss –, steigt ein Schluchzen in mir auf, mit dem ich nicht gerechnet habe, das mich überwältigt, als käme es nicht aus meinem Körper, sondern von außen. Ich weine, wie ich zuletzt als Kind geweint habe, aber ich achte darauf, nicht laut zu werden. Madame Farouche darf auf keinen Fall etwas hören. Ich will als ihr Chef gehen, nicht als ein geschlagener Mann.

Schnäuzen. Ich suche ein Taschentuch. Ich finde keines und ziehe den Rotz hoch und rufe Madame Farouche über die Telefonanlage zu mir, sie soll mir Tempos bringen. Ich verlasse mich darauf, dass sie schon nichts merken wird. Ich werde mich einfach zur Seite drehen. Ich sehe, wie sie die Türklinke drückt, und höre, wie sie beinahe im gleichen Augenblick – vermutlich mit dem Kopf – gegen die Tür knallt. Ein Moment benommener Stille, dann ihr klagender Ruf:

«Herr Schwarz, Sie haben abgeschlossen.»

Unsicherheit in ihrer Stimme. Ich habe noch nie abgeschlossen, nie in den ganzen vier Jahren, die ich hier bin.

«Ach, stimmt, hab ich vergessen. Ich mach Ihnen auf.»

Ich versuche, beiläufig und harmlos zu klingen, aber sie müsste schon etwas an den Ohren haben, wenn sie nicht begreift, was los ist. Ich öffne, sie sieht mich an und sagt:

«Herr Schwarz, Sie sehen ja aus, als hätte man Sie –»

«– gerade gefeuert?»

«Nein, das wollte ich nicht sagen. Ist etwas passiert?»

Sie wirkt so wenig überrascht, dass ich schwören würde, sie weiß alles, womöglich schon seit Tagen.

«Nun, ich wollte es Ihnen ja eigentlich erst in einer Viertelstunde sagen, aber wenn Sie mich schon so fragen: Ja, Frau Rumenich hat mich mit sofortiger Wirkung von all meinen Geschäften entbunden.»

«Entbunden?»

«Sie hat mich rausgeschmissen!»

Madame Farouche reicht mir das mitgebrachte Taschentuch, wegen dem ich sie gerufen hatte. Ich behalte die Fassung, schnäuze mich, sie sieht mir dabei zu, nicht wirklich verwundert, ich bin sicher, sie wusste vor mir Bescheid.

«Sie werden bestimmt schon Wind von der Sache bekommen haben.»

«Ich? Wieso ich? Ich bitte Sie!»

«Wie auch immer, ist ja auch egal. Machen Sie, dass Sie rauskommen!»

Hochbeleidigt dampft sie ab. Ich habe sie in vier Jahren nicht beleidigt, aber jetzt schon. Jetzt ist ja auch alles egal, und dieses verlogene Miststück kann mir gestohlen bleiben.

Es folgt eine klassische Szene, die ich aus unzähligen Fernsehserien so gut kenne, dass ich mich frage, ob ich sie wirklich gerade selbst erlebe. Ich packe meine Sachen zusammen, es ist nicht viel, erstaunlich wenig sogar, immerhin habe ich in diesem Büro vier Jahre verbracht, aber offensichtlich habe ich kaum sichtbare Spuren hinterlassen. Als ich Mariannes Bild in dem kleinen Sterlingsilber-Rahmen in die Hand nehme, entfährt mir erneut ein Schluchzen. Sie wird mich auslachen, das steht fest. Natürlich wird sie zuerst betroffen tun, wenn ich es ihr erzähle, und sie wird sich einig mit mir sein in der Verurteilung Rumenichs und der Bank – aber gegen die Genugtuung, dass es mir keinen Funken bessergeht als ihr, wird sie sich nicht wehren wollen. Ich kenne das Gefühl zu gut, als dass ich glauben könnte, es wäre irgendjemand davor gefeit. Ich spreche von der wundervollen Überlegenheit, die jeder empfindet, wenn er vor einem Versager steht, der sich gerade offenbaren muss. Man muss beileibe kein Sadist sein, um sich daran zu erfreuen, wie ein anderer zerbricht. Das grundlegende Prinzip unseres Daseins ist der Ausschluss der anderen. Jeder ist ein potenzieller Gegner, der einem etwas wegnehmen könnte, also freut man sich, wenn es ihn erwischt. Ist doch normal. Auch Mariannes Anteilnahme wird nur geheuchelt sein.

Ich habe meine Sachen in meine Aktentasche gepackt. Ich sehe mich um, suche etwas, das mich hindern könnte, jetzt zu gehen, finde nichts, ich bin wirklich fertig mit allem hier. Ich trete in den Gang hinaus, sehe Madame Farouche in ihrem Zimmer, ihr Gesicht spiegelt Sensationslust und Schrecken wider. Wir tauschen einen Blick, ich entschließe mich, nichts zu sagen, kein Abschiedswort, es wäre sowieso nur dummes Zeug, und ich würde vermutlich ausfallend werden.

Es ist Mittagszeit, Bankleute gehen zum Essen, ich bewege mich unter ihnen, in den Gängen, im Lift, im Foyer, auf der Straße. Sie betrachten mich selbstverständlich als einen der ihren. Ich bin ihnen dankbar dafür, so dankbar. Ich empfinde Zärtlichkeit für sie, weil sie nicht wissen, dass ich draußen bin. Wüssten sie es, stelle ich mir vor, dann würden sie vermutlich an Ort und Stelle über mich herfallen, mir die Kleider vom Leib reißen und sie unter sich verteilen.

Raus aus der Bank, rein in die U-Bahn, mittags. Niemand, der nicht gerade fristlos gekündigt wurde, fährt jetzt nach Hause. Ich komme in unsere Wohnung. Es scheint mir, als sei ich widerrechtlich hier eingedrungen. Ich gehe herum und sehe mir alles an. Ich frage mich, was ein Gerichtsvollzieher alles mitnehmen könnte, und sehe eine ganze Menge.

19.

Marianne und ich sitzen in der Küche. Es ist klar, was passiert ist, ohne dass wir schon darüber geredet hätten, und eine warme, irgendwie grundmenschliche Atmosphäre erfüllt den Raum. Die Solidarität zweier Geschlagener, die wissen, wenigstens für diesen Abend kann ihr Vereintsein niemand stören.

Marianne erzählt mir in allen Einzelheiten ihr heutiges Gespräch mit Werner. Wie es ausgegangen ist, lässt sie vorerst weg, ich weiß es sowieso. Sie gibt sich Mühe, witzige Details in den Vordergrund ihrer Schilderung zu stellen. Wie sich Werners Nasenspitze beim Sprechen bewegt hat, zum Beispiel, wie er versucht hat, möglichst harmlos klingende Formulierungen zu finden und dabei buchstäblich ins Schwitzen gekommen ist.

Marianne bereitet Schweinemedaillons in Weißweinsoße zu, ich einen frischen Salat mit Mais, Avocado, Gurke, Tomaten, Karotten. Endlich bricht sie in Tränen aus und bekennt, dass sie wie ich mit sofortiger Wirkung von ihrer Arbeit freigestellt ist. Sie fängt sich schnell wieder. Wir lachen – was für eine Koinzidenz! – und kochen weiter.

Es wird jetzt wirklich romantisch. Wir reden von unserer Situation, als wären wir Mitglieder einer konspirativen Sekte. Zwei, die schon miteinander zu tun hatten, ohne zu wissen, dass sie der gleichen Organisation angehören. Wir reden davon, dass wir jetzt eben beide «Stütze» kassieren werden, und haben Spaß daran, immer wieder dieses besonders verletzende Wort auszusprechen. Wir rechnen aus, dass wir zusammen Anspruch auf circa fünftausend netto haben – genug Geld, um fürs Erste so weiterzumachen wie bisher. Ohne Arbeit allerdings, das hat sich erledigt, die können uns schlicht und einfach alle mal!

Wir gehen ins Bett und geraten, nachdem wir uns hingelegt haben, in einen von geradezu vernichtendem Hass erfüllten Streit über die Frage, wer das Licht ausmacht.

Am nächsten Morgen eröffnet mir Marianne ihren Entschluss, für eine Woche zu ihrer Tante Olivia zu fahren. Sie sagt es mir beim Frühstück, in aller Sachlichkeit, im Ton der Vernunft, mit gesenkter Stimme, sie will sagen: darüber keine Diskussion. Ich tue ihr den Gefallen. In gewisser Weise erleichtert mich die Vorstellung, Marianne für eine Weile los zu sein.

«Du wirst sehen, es ist für uns beide im Augenblick das Beste», sagt sie und will also doch mehr als meine bloße Kenntnisnahme, nämlich mein Einverständnis, und damit, das sollte sie sich denken können, tue ich mich schwer.

«Wenn du wirklich meinst, es ist das Beste für uns, uns in dieser Situation gegenseitig im Stich zu lassen …», höre ich mich, scheinbar schwer beleidigt, sagen. Dabei bin ich gar nicht beleidigt. Ich bin froh, wenn sie weg ist.

«Wir würden uns jetzt nur gegenseitig noch weiter runterziehen.»

«Aha, ich zieh dich also runter.»

Mir ist nichts kindisch genug.

«Das hab ich nicht gesagt.»

«Doch, das hast du gesagt. Aber geh nur zu deiner lebensweisen Olivia. Die kann dir auch nicht helfen.»

«Ich sage ja nicht, dass sie mir helfen kann. Nicht, wie du meinst. Aber bei ihr kann ich wenigstens auf andere Gedanken kommen.»

«Andere Gedanken! Als würden dir jetzt *andere Gedanken* was nützen!»

«Ja, die nützen mir was!»

Und so weiter und so fort. Es gelingt uns, über eine Stunde lang diesen komplett schwachsinnigen Dialog fortzuführen, ganz im Geiste seines heillosen Beginns, ohne dass einer aufsteht und türenschlagend den Raum verlässt. Dann verebbt das Gespräch, Marianne erklärt, sie müsse noch packen, ich sage, jetzt werde ich mich ja allein um die Küche zu kümmern haben, und beginne, die Spülmaschine einzuräumen.

Wir übernachten zum letzten Mal nebeneinander in unserem Bett, und am Morgen bringe ich sie zum Bahnhof. Sie sagt, sie liebe den Bahnhof, das Verreisen überhaupt. Ich erkläre das Reisen zur unsinnigsten Zerstreuung, die es gibt. Sie steigt in den Zug, und wir geben uns zum Abschied noch nicht einmal einen Kuss, nur die Hände reichen wir uns. Hinter den verspiegelten Scheiben kann ich sie nicht erkennen, nicht sehen, wie sie sich auf ihren Platz setzt, ob sie mich ansieht oder gar nicht mehr beachtet. Das gibt mir das Recht, gleich zu gehen, nicht erst die Abfahrt des Zuges abzuwarten. Es ist wie ein Abschied für immer, eine unwiderrufliche Trennung, ich bin mir sicher, Marianne in einer Woche nicht wiederzusehen, vielleicht auch in zwei oder drei Wochen nicht, vielleicht erst wieder in ein paar Jahren vor dem Scheidungsrichter.

In der Bahnhofshalle drehe ich mich noch einmal um, mich fröstelt, obwohl es warm ist. Ich bin sicher, dass dies Mariannes endgültiger Abschied ist, und halte verzweifelt Ausschau nach großen Empfindungen. Aber da ist nichts, außer einer diffusen Erleichterung und einer gewissen Furcht, was meine Zukunft betrifft. Meine Zukunft in der nächsten Viertelstunde, wenn ich durch die Stadt schlendere, um mich zu vergewissern, dass ich mich ganz und gar unbehelligt bewegen kann.

Ganz und gar unbehelligt. Ich gehe, nicht langsam, nicht schnell, durch das Rotlichtviertel, das hinter dem Hauptausgang anfängt. Es scheint ein milder Tag zu werden, ein sanfter, warmer Wind weht, es ist warm, aber nicht heiß, ein vollkommen harmloses Wetter. Kaum jemand ist in diesem Viertel um diese Uhrzeit auf der Straße, die Nutten schlafen sich aus, die Bars sind längst geschlossen und machen so schnell nicht wieder auf, ein paar Dönerstände beginnen mit dem Verkauf, auf den Gehsteigen liegt der Dreck der vergangenen Nacht.

Ich habe mich entschlossen, Markus, den Drehbuchautor, zu besuchen. Damals, als er mir von seiner Trennung von Babs erzählte, habe ich mich insgeheim doch etwas entrüstet, wie leicht ihm das fiel, wie wenig er dabei zu empfinden schien. Jetzt begreife ich, was er gemeint hat. Ich gehe zu Fuß, ich will so lange wie möglich unterwegs sein.

Ich gehe im Geiste einige Stationen meiner Ehe mit Marianne durch, wie man einen Kreuzweg abschreitet. Das vorläufige Ende, die Kreuzigung selbst, haben wir uns geschenkt. Dafür haben wir den Passionsweg sehr gewissenhaft hinter uns gebracht. Aber was heißt schon Passion, Leiden, in diesem Zusammenhang. Es gab ja nichts weiter als ein paar Zänkereien wegen Nichtigkeiten. Deshalb lässt sich jetzt ja auch alles, unser ganzes Leben, mühelos neu arrangieren. Wir werden uns ein bisschen um Geld, um Möbel, um Wertgegenstände streiten, aber mehr aus gewohnheitsmäßiger Rechthaberei denn aus Habgier. Wir werden ein bisschen Geld verlieren, aber das ist nicht schlimm. Das Einzige, was wirklich zählt, ist, dass wir beide unsere Jobs verloren haben, und zwar gleichzeitig. Ich meine, es liegt auf der Hand, dass es danach keinen auch nur halbwegs plausiblen Grund mehr für uns gibt, zusammenzubleiben.

Markus macht die Tür auf und zieht die Augenbrauen hoch, als er mich sieht:

«Was machst du denn hier?»

«Marianne hat sich von mir getrennt.»

«Aber warum bist du nicht in der Bank?»

«Gekündigt.»

«Ach so, und ich dachte schon, du wärst wegen der Kohle hier.»

«Keine Sorge.»

«Also komm rein. Aber ich hab nicht viel Zeit, ich bin am Schreiben.»

«Kann ich einen Kaffee haben?»

«Tut mir leid, ich hab keinen im Haus.»

«Ich lad dich auf einen ein.»

«Keine Zeit im Augenblick, ehrlich. Ich muss einen Auftrag fertig machen, bis heute Mittag. Morgen vielleicht, oder übermorgen. Lass uns telefonieren.»

«Na, ich dachte, ein Freund sollte ein wenig Zeit für einen haben, wenn man aus dem Job geflogen ist und einen die Frau verlassen hat.»

«Du machst doch Witze.»

«Ich mach überhaupt keine Witze.»

«Okay, okay. Aber bitte, ich kann jetzt wirklich nicht. Ich *hab* Zeit, keine Frage, Mensch. Später. Lass uns telefonieren.»

Ich sehe es ein, da ist nichts zu machen. Die Sache hat ja auch wirklich Zeit bis morgen oder übermorgen oder bis was weiß ich wann. Was würde mir Markus schon sagen? Dass die in der Bank Schweine sind und ich bald einen besseren Job finden werde. Dass Marianne sowieso nicht die Richtige für mich war und bald eine andere kommen wird, die viel besser zu mir passt. Das kann ich mir auch selber vorbeten. Ich kann mir auch eine Männerzeitschrift kaufen und Beziehungstipps studieren. Ich kann mir eine Daily Soap im Fernsehen anschauen, und es wird bestimmt einen passenden Charakter darin geben, der genau meine Probleme hat. Ich sage:

«Tut mir leid, dass ich dich so überfallen habe. Du musst ja denken, es ist sonst was los. Ich bin nur ein bisschen durcheinander, das ist alles.»

«Das legt sich. Kopf hoch.»

«Schon gut, wir sehen uns.»

«Wir sehen uns. Ruf einfach an, wenn du was brauchst.»

Im Treppenhaus, beim Weggehen, überfällt mich schlagartig gute Laune. Ich finde es so großartig, wie schwachsinnig diese Unterhaltung gerade gewesen ist, dass ich laut zu lachen anfange. Es geht einfach nichts über gute Freunde. Ich gehe zu Fuß nach Hause, damit es länger dauert.

20.

Nicht weit von unserer Wohnung befindet sich ein Platz, von dessen Existenz ich zwar wusste, aber keine genaue Vorstellung hatte. Keiner meiner täglichen Wege führte mich dorthin, ich hatte dort nichts zu tun. Jetzt habe ich dort auch nichts zu tun, bin aber trotzdem da, weil ich plötzlich Zeit habe. Die Kleidungsfrage – wie mache ich plausibel, dass ich als Geschäftsmann am späten Vormittag durch die Stadt spaziere, während alle Welt arbeitet? – habe ich geklärt, wie gehabt. Ich trage einen Anzug mit Krawatte und Weste.

Der Platz ist bestimmt durch den Busbahnhof in seiner Mitte. Außen herum sind Geschäfte. Ein Optiker, Metzgereien, Fotoläden, eine Weinhandlung, Supermärkte, Banken. Zu meiner Verblüffung unterhält auch mein ehemaliger Arbeitgeber eine Filiale hier, die mir bis heute unbekannt war. Alte und neue Häuser stehen wahllos nebeneinander. Es ist ein Platz, wie es ihn in jeder Großstadt der Welt zu Dutzenden gibt. Seine Bedeutung erschöpft sich in seiner Funktion, es gäbe nichts, was über ihn zu sagen wäre, wenn sich nicht Menschen auf ihm bewegten. Viele Menschen, zur Geschäftszeit, und was für welche. Ist eine Behindertenanstalt in der Nähe? Es ist, wie ich feststelle, tagsüber offenbar eine ganz erhebliche Anzahl von Behinderten auf der Straße. Sie haben zum Teil erstaunliche Missbildungen, die ich mit verstohlenem Interesse betrachte. Diese Menschen arbeiten bestimmt nicht. Die

Bank zum Beispiel, das ist gesetzlich geregelt, muss wie jedes Unternehmen ihrer Größe einen bestimmten Prozentsatz an behinderten Mitarbeitern beschäftigen. Diese Leute werden, gleich ob geistig oder körperlich behindert, zu Tätigkeiten herangezogen, denen sie gewachsen sind. Aber natürlich gibt es nicht genug Arbeit für alle Behinderten. Viele müssen von der Solidargemeinschaft, die unsere Gesellschaft bildet, versorgt werden. Sie beziehen finanzielle Unterstützung, ohne eine Gegenleistung erbringen zu müssen, und können sich vormittags um elf die Zeit auf diesem Platz hier vertreiben.

Selbstverständlich sind nicht alle Menschen, die ich sehe, behindert – bei weitem nicht, die Behinderten bilden sogar die kleinste Gruppe, sie fallen eben nur am meisten auf. Es gibt auch Penner und Obdachlose, Säufer und Irre, die sich hier tummeln, auch sie fallen natürlich auf. Die interessanteste Gruppe aber ist auch die größte: Es ist so eine bestimmte Sorte von Leuten, die man obenhin wahrscheinlich als «normal» bezeichnen würde, obwohl sie es nicht sind. Sie sind weder geistig noch körperlich behindert im eigentlichen Sinn, und dennoch sind sie irreversibel ohne jeden gesellschaftlichen Nutzen. Erst auf den zweiten Blick erkennt man ihre Defekte. Bei manchen kann man sie auch nur erahnen. In den meisten Fällen handelt es sich schlicht um eine verminderte, unterdurchschnittliche Intelligenz, gepaart mit einem Mangel an sozialer Anpassungsfähigkeit. Beides zusammen sorgt dafür, dass sie zu nichts zu gebrauchen sind. Es gibt aber auch Exemplare in dieser Gruppe, die anscheinend über die nötigen Voraussetzungen verfügen und dennoch draußen sind. Es ist, als ob ihnen ein bestimmtes Gen, eine bestimmte geheime Eigenschaft fehlte, die sie untauglich macht. Ein solches Exemplar scheine ich zu sein. Und das ist der Grund, warum ich ab heute ein Teil der Freak-Show bin, die jeden Vormittag auf diesem Platz stattfindet. Ich bin ein Freak, der mit seinem Anzug, seiner Gesichtsbräune, seinen teuren Schuhen und seinen manikürten Fingernägeln wie ein Bankdirektor daherkommt, obwohl er gerade zum Sozialfall geworden ist. Mein Aussehen, meine Kleidung, mein Auftreten weisen auf einen Mann hin, der einer gesellschaftlichen Elite angehört. Die Fakten belegen, dass ich ein solcher Mann nicht bin. Meine Mimikry ist meine Behinderung, und wenn Sie glauben, ich könnte mich ja einfach umziehen, haben Sie gar nichts verstanden.

Was auf diesem Platz hier herumläuft, sind meine neuen Leute, ich gehöre ab heute ihrer Kaste an. Natürlich darf das alles nicht wahr sein, denke ich. Natürlich kann ich mich ganz einfach in Sicherheit bringen, indem ich hingehe, wo ich hingehöre – nämlich in die Bankfiliale.

Schon als ich die Servicezone betrete, weiß ich, dass ich einen fatalen Fehler begangen habe, aber ich kann nicht mehr zurück. Ein junger Mann hinter dem Schalter, den ich als Auszubildenden einmal für drei Wochen in meiner Abteilung hatte, hat mich schon gesehen. Er nickt mir mit jener servilen Freundlichkeit zu, die wir unseren jungen Mitarbeitern als einzige Form des korrekten Umgangs mit anderen Menschen erlauben. Er bittet den Kunden, den er gerade bedient, um einen Augenblick der Geduld und winkt mich mit einem sehr dezenten Handzeichen aus der kurzen Schlange der Wartenden zu sich an den Schalter. Ich folge seiner Aufforderung.

Mich beschäftigt die Frage, ob ich als stellvertretender Leiter der Abteilung Abwicklung und Verwertung ebenfalls so reagiert hätte. Oder wäre ich, ohne auf eine Einladung zu warten, direkt zum Schalter gegangen und hätte den Jungen zu mir hergerufen? Die Antwort ist: Als stellvertretender Leiter der Abteilung Abwicklung und Verwertung wäre ich nicht hier. Ganz unbewusst nimmt der junge Mann gleich die richtige Fährte auf:

«Herr Schwarz! Das ist aber eine Überraschung. Was führt Sie denn zu uns?»

Weiß er etwas? Kann unmöglich sein. Er ist einer von den Mitarbeitern, die solche Dinge als Letzte erfahren. Ich antworte: «Ich will vierhundert Mark abheben. Bemühen Sie sich nicht. Ich nehme den Automaten.»

«Aber ich bitte Sie, Herr Schwarz, das ist doch gleich gemacht.»

Ich überlege, ob ich ihn anweisen soll, zuerst die Kundschaft zu bedienen, was als sein Vorgesetzter, der ich ja nicht mehr bin, meine Aufgabe gewesen wäre, aber ich will kein Aufsehen, keine Unruhe, keine Diskussion. Es soll nur schnell gehen, also lasse ich ihn machen. Er gibt meine Kontonummer in den Computer ein und überprüft meine Daten. Seinem Gesicht sehe ich an, dass ihm irgendetwas auffällt. Ich sage:

«Und?»

Er beugt sich über den Schalter und flüstert:

«Ich sehe, dass ihr Gehalt diesen Monat noch nicht überwiesen wurde. Soll ich da mal nachfragen?»

Ich spüre, wie sich vor Schreck die Adern in meinem Körper schlagartig weiten, ich sage:

«Lassen Sie nur, ich hab das schon erledigt. Das Geld kommt nächste Woche. In der Lohnbuchhaltung hat es einen Fehler gegeben.»

Er sagt: «Na, das ist dann was anderes», und scheint sich mit meiner Erklärung zufriedenzugeben. Er bereitet die Auszahlung der vierhundert Mark vor. Er geht kurz weg vom Schalter und spricht mit einem Kollegen. Ich verstehe nicht, was sie sagen. Vermutlich fragt er ihn, ob er sein Gehalt schon bekommen habe oder etwas von einem Fehler in der Lohnbuchhaltung wisse. Der andere zuckt die Achseln und schüttelt den Kopf. Beide sehen kurz zu mir her. Nach einer Weile kommt der Junge mit den vierhundert Mark wieder und zahlt sie mir aus. Er sagt:

«Hoffentlich lässt sich das mit der Lohnbuchhaltung klären.»

Ich erwidere gereizt: «Ich sagte Ihnen ja schon. Der Fehler ist behoben!»

Wir verabschieden uns förmlich, er so servil, wie es die Ausbildung vorsieht, ich so forsch, wie von einem stellvertretenden Abteilungsleiter erwartet. Als ich beim Hinausgehen die Geldscheine in mein Portemonnaie stecken will, beginnen meine Hände so stark zu zittern, dass ich die Scheine nicht hineinbekomme. Ich zerknülle sie in der Faust und stecke sie in die Hosentasche.

Draußen

21.

Die Musik ist so laut, dass die Eingeweide vibrieren. Uwe hat seinen Schlüsselbund mit dem Kokslöffelchen in der Hand und fuchtelt damit der Barfrau vor dem Gesicht herum. Als sie ihn bemerkt, deutet er auf unsere drei leeren Whiskygläser. Uwe hat an jeder der drei Bars im «Funkadelic» eine Flasche Johnny Walker Black Label mit seinem Namen darauf im Regal stehen. Wie er mir erklärt hat, können nur wenige Gäste von sich behaupten, dieses Privileg zu genießen.

Die Barfrau, eine hübsche Schlampe mit eintätowiertem Stacheldrahthalsband, langen, glatten, schwarzgefärbten Haaren und einem bleichen Puppengesicht, schenkt unsere Gläser zwei Finger hoch voll. Als sie fertig ist, zieht Uwe einen quergefalteten Zehner aus seiner Geldspange, faltet ihn längs und streckt ihn ihr zwischen Zeige- und Mittelfinger hin. Trinkgeld, der Whisky ist ja schon bezahlt.

Uwes Geldspange ist berühmt im «Funkadelic» und auch anderswo, lässt mich Anatol wissen. Sie ist immer zwei Zentimeter dick, und immer ist der äußerste Schein ein Tausender. Die Barfrau schnappt sich den Zehner und dreht sich, ohne Dank, mit gerecktem Kinn weg. Es besteht kein Zweifel daran, dass sie Uwe *nicht* mag. Er zündet sich eine Zigarette an, mit einem Plastikfeuerzeug in Gestalt von langen, schlanken Frauenbeinen unter einem roten Minirock. Er grinst, lässt den Rauch aus seinem Mund entweichen, streckt die Zunge heraus, lacht dreckig. Uwe macht Party, Anatol macht mit, und ich mache, wenn ich recht sehe, auch mit.

Während meiner Studienzeit hing ich ab und zu in Diskotheken herum. Immer im Schlepptau meines Freundes Markus, der im Nachtleben einmal eine wichtige Figur war, «Nummer eins», wie er sich selbst nannte. Ich begriff, nach welchen Regeln dort gespielt wurde, und an Markus' Seite durfte ich mich hipper fühlen, als ich war. Aber als ich in die Bank eintrat, war das alles nicht mehr wichtig. Klar, ich ging abends ab und zu aus, aber dorthin, wo Banker eben hingehen, in «Harry's New York Bar», ins «Lehmann's», in teuere In-Restaurants. Hier im «Funkadelic» sind *Kinder* die Hauptpersonen, Menschen unter dreißig, die glauben, bestimmte Klamotten, bestimmte Musik, bestimmte Drogen, ein bestimmtes Gehabe seien wichtig. Vielleicht liegen sie, aus ihrer Sicht betrachtet, gar nicht so falsch. Aber für mich ist das nichts. Ich bin nur wegen Uwe und Anatol hier, die mir klarzumachen versuchen, dass sie sich hier auskennen, auch wenn sie die Codes der Jüngeren nicht für sich gelten lassen. Sie tun so, als wären sie die Altmeister der Szene, die unabhängig von irgendwelchen Moden das Zepter in der Hand halten, einfach weil sie schon so lange dabei sind.

Die Wahrheit ist: Man muss Uwe nicht mögen, um ihn auffallend zu finden. Seine im eigenen Solarium goldbronzen gebräunte Haut, sein im eigenen Fitness-Studio aufgepumpter Titanenkörper, seine kurzgeschorenen, wasserstoffblonden Haare lassen ihn aussehen wie einen groben, ungeschlachten Zwillingsbruder von Van Damme – immerhin ist er über eins neunzig.

Anatol hingegen ist eher durchschnittlich proportioniert. Er trägt ein Hawaiihemd, ausgewaschene Jeans und eine halblange Mittelscheitelfrisur.

Ich selbst, der dritte Mann in dieser Runde, trage noch immer gerne meine Anzüge, auch wenn ich nachts ausgehe. Es bringt Vorteile, man wird besser behandelt. Nicht weil man für hip gilt, sondern irgendwie für eine wichtige Figur, einfach weil man aussieht, als wäre man nicht zum Vergnügen hier. Wer aber nicht zum Vergnügen hier ist, ist entweder ein Bulle oder ein Verbrecher, der Geschäfte abwickelt. Ich bin beides nicht, aber mein Auftreten im Anzug an der Seite von Uwe und Anatol ist zumindest nicht ohne weiteres erklärlich – so erscheine ich als mysteriös, was ich genieße.

Es ist nicht unbedingt so, dass Uwe und Anatol etwas ausgefressen hätten, aber es haben sich in ihrem Leben gewisse Problemstellungen ergeben, bei denen ich ihnen als Berater behilflich sein kann. Das erklärt unser Zusammensein.

Uwe legt seinen nackten Oberarm um meine Schultern. Er trägt ein Muscle-Shirt, auf dem steht: «If good looks don't count – don't count on me». Er erklärt mir, dass es im «Funkadelic» immer wieder einmal Ärger gebe.

«Was für Ärger?», frage ich.

«Schlägereien», antwortet er. Er deutet auf eine Gruppe von Jungs, es sind vier, die in der Nähe der Tanzfläche stehen.

«Ich beobachte sie schon eine ganze Weile.»

Sie wären mir nie aufgefallen. Ganz normale Jungs in frischgewaschenen Jeans und gebügelten T-Shirts, mit kurzgeschorenen Haaren.

«Hools», sagt Uwe.

Das «Funkadelic» hat eine harte Tür, will sagen, nicht jeder, der will, kommt hinein. Uwe sagt: «Die sind nicht zum Tanzen da.»

Und als habe er das Stichwort gegeben, beginnen die vier kurze Zeit später ohne jeden ersichtlichen Grund mit Barhockern, die sie sich greifen, um sich zu schlagen. Sie schlagen urplötzlich und wahllos auf die Leute auf der Tanzfläche ein. Niemand begreift, was los ist. Getroffene fallen zu Boden, Blut spritzt, Knochen brechen, Frauen kreischen, Männer brüllen, die Musik stoppt. Der gigantische Türsteher, seine Assistenten *und* Uwe, der seinen Arm von meinen Schultern löst, stürzen auf die Tanzfläche und prügeln los. Es folgt eine minutenlange Demonstration von Uwes Taekwon-do-Kunst auf der Tanzfläche, mit der er alle vier Angreifer niederstreckt. Uwes Kampftechnik, seine Sprünge, sind beeindruckend, er hat die Fingerspitzen eingerollt wie Krallen, keine Aggression in seinem Gesicht wie sonst, sondern entspannte Konzentration. Wie man sich einen Killer bei der Arbeit vorstellt. Ich vermute, dass sich in seinem Gehirn gerade die Bilder, die er sieht, mit jenen vermischen, die er aus Abertausenden von Kung-Fu-Filmen im Kopf hat. Anatol und ich stecken uns eine Zigarette nach der anderen in den Mund und geben uns abwechselnd Feuer. Wir reden nichts. Ein hartes Gefecht, das von beiden Seiten mit äußerster Brutalität geführt wird. Irgendwann kommen Polizei und Sanitäter. Uwe, den der Kampf, auch nach seinem Ende, keine Sekunde aus der Fassung gebracht hat, gibt Auskunft, leistet Hilfestellung. Meine Knie werden weich, ich setze mich auf meinen Barhocker. Gäste drängen zum Ausgang. Die überwältigten Schläger werden verhaftet, die Verwundeten versorgt, Augenzeugen vernommen. Uwe kommt wieder zu uns. Nach einer Welle greift der – wie ich annehme – Geschäftsführer des «Funkadelic» zum Mikrophon hinter dem DJ-Pult und erklärt die Situation. Er ist ein massiger Mensch, der absolut unbeeindruckt scheint von dem, was geschehen ist. «Es ist schrecklich, was passiert ist, aber wir lassen uns von diesen Typen nicht die Party verderben.» Der Tonfall, in dem er das sagt, ist so ausdruckslos, dass jeder versteht: Der hält weder für schrecklich, was geschehen ist, noch glaubt er, dass hier eine Party stattfindet. Er will einfach, dass das Geschäft weiterläuft.

Uwe ist doch etwas außer Atem. Die Verletzten werden abtransportiert, und die Musik setzt wieder ein, in der gleichen aberwitzigen Lautstärke wie zuvor. Die Eingeweide vibrieren wieder. Es hat gar keinen Zwischenfall gegeben. Oder doch? Leute kommen vorbei und klopfen Uwe auf die Schulter. Er grinst mich voller Stolz an, er ist ein Held, er hat den Abend, das ganze «Funkadelic» gerettet, durch die überlegene Kraft seiner Muskeln und seiner Kampfeskunst.

Mir ist flau im Magen, ich verziehe mich auf die Herrentoilette und schließe mich in ein Abteil ein, um eine Weile allein zu sein. Ich versuche zu weinen, aber es gelingt mir nicht. Als ich noch in der Bank war, wäre mir ein solches Erlebnis einfach *nicht zugestoßen,* denke ich. Mir ist ja nichts passiert, ich war nicht einmal beteiligt an dem, was geschehen ist, aber allein, dass ich überhaupt in einem Laden gelandet bin, in dem so etwas *möglich* ist und offenbar zur Tagesordnung gehört, lässt mich verzweifeln.

Ich gehe wieder hinaus, an meinen Platz, zu meinem Whisky. Uwe fühlt sich toll. Ich tätschle ihm die Schulter. Wahrscheinlich ist dies ein großer Tag in seinem Leben. Vielleicht auch ein ganz normaler. Der Geschäftsführer kommt herüber und schüttelt Uwe die Hand, lässig, nicht aufgeregt oder überschwänglich. Er sagt: «Vielleicht machen wir mal was zusammen.» Uwe deutet auf Anatol und mich und sagt: «Der ist mein Partner und der da mein Berater.» Ich lächle, als könne ich mir auch gut vorstellen, mal was mit ihm zusammen zu machen, aber er sieht gar nicht her.

Uwe gibt der Barfrau ein Zeichen: Whisky nachfüllen. Sie lächelt und tut es. Er gibt ihr wieder einen längsgefalteten Zehner, während ich darüber nachdenke, unter welchem Vorwand ich diesen Abend, diese neuen Bekanntschaften, mein Dasein unter diesen veränderten Umständen so schnell wie möglich beenden könnte. Mir fällt nichts ein. Uwe hält mir sein Glas entgegen, ich stoße mit ihm an.

22.

Montagmorgen erwache ich früh – viel zu früh, angesichts meiner nicht mehr vorhandenen Verpflichtung, ins Büro zu gehen. Mein Angestellten-Ich will *dringend* in die Bank, will mailen, faxen, telefonieren, hungert danach, sich am Schreibtisch zu legitimieren. Dass es keine Bank, keinen Schreibtisch mehr für mich gibt, treibt es zu einer verzweifelten Suche an, und je länger ich nach meinem hastigen Frühstück in der Küche sitzen bleibe, desto größer wird seine Angst, seine ja doch nur eingebildeten Pflichten zu versäumen.

Aber das ist es nicht allein. Viel niederdrückender sind die Nachwirkungen der Schlägerei im «Funkadelic» letzte Nacht, die ich zu verarbeiten habe.

Als mich Uwe im Hausgang ansprach, hätte ich, nach einer ausweichenden Antwort, einfach weitergehen sollen. Doch ich war zu überrascht, dass er mich überhaupt ansprach und mich auch noch duzte, nicht beleidigend, sondern ganz selbstverständlich, weil er niemanden siezt.

«Hallo, Herr Nachbar!», donnerte er durch den Flur im Parterre und winkte mich mit dem Zeigefinger zu sich, als ich eines Morgens aus dem Lift kam und er, vermutlich aus dem Fitness-Studio, durch die Haustür herein. Ich lachte verunsichert und entschied mich, seine Anrede und Geste als angemessenen Gruß aufzufassen. Angemessen? Nun, wenn schon nicht mir, so vielleicht zumindest seinen zweifellos rudimentären Vorstellungen von Höflichkeit.

Wirklich amüsiert stellte ich mich vor ihn hin. Ich trug, wie üblich, meinen Geschäftsanzug, er, wie üblich, ein Muscle-Shirt – Aufschrift: «hot muscles» –, das seinen halbnackten Oberkörper zur Schau stellte.

Ich hätte vermutet, er habe Angst vor Leuten wie mir, zumindest Respekt. Ich sah doch genauso aus wie die Leute bei seiner Bank, die ihm und seinem Fitness-Studio sicherlich jederzeit den Geldhahn zudrehen konnten. Ich *war* ja sogar mal bei seiner Bank gewesen, auch wenn er das nicht wusste.

Er sprach leise, vertraulich, nicht bedrohlich: «Meister, du siehst aus, als ob du mir helfen kannst. Tschuldigung, dass ich dich hier zwischen Tür und Angel anquatsche, aber die Sache eilt 'n bisschen.»

Was hätte ich denn tun sollen? Wäre doch albern gewesen, jetzt zu rufen: «Ich bitte Sie, mein Herr, ich bin empört!» Ich fand, es hatte sogar Charme, wie er das machte. Trotzdem glaube ich: Wäre ich zu diesem Zeitpunkt noch Angestellter der Bank gewesen, hätte ich ihn abgewimmelt. Ich hätte einfach irgendetwas Besseres zu tun gehabt, als dieser eigenartigen Einladung in das Büro seines Fitness-Studios zu folgen.

Sein Büro war – und ist – ein fensterloses geräumiges Zimmer, von zwei Neonröhren an der Decke beleuchtet, an den Wänden hängen Poster mit Schwarzenegger, Ralf Möller drauf. Außerdem Pin-up-Fotos aus dem amerikanischen «Playboy» von Sable, einer Wrestling-Amazone, auf denen mein Blick wohl einen Moment zu lange verweilte, denn Uwe grinste und sagte: «Gut, die Kleine, oder?»

«Gut. Also, was wollen Sie von mir?»

«Du weißt, wer Bellmann ist?»

Ich war platt und beschloss, ihn jetzt auch zu duzen.

«Weißt du denn, wer Bellmann ist?»

«Und ob. Der war heut morgen schon da und hat mir von dir erzählt.»

Begriff ich nicht. Ich sagte: «Begreif ich nicht.»

«Na, ihr seid doch Kollegen!»

«Wir *waren* Kollegen.»

Uwe sah mich an. Es schien mir, als mache er Anstalten, nachzudenken.

«Umso besser», sagte er.

«Kann ich jetzt erfahren, was ich hier soll?»

«Dieser Bellmann ist nicht besonders helle. Was nicht heißen soll, dass er ungefährlich ist. Er will mir was in die Schuhe schieben. Ich sage nur: Furnituro GmbH.»

«Sagt mir nichts», log ich.

«Kann ich mir denken. Würde mir so auf Anhieb an deiner Stelle auch nichts sagen. Setz dich mal hin, ich erklär dir, wie's geht.»

Es stellte sich heraus, dass der Typ *alles* über die Furnituro GmbH wusste, über *alles* Bescheid wusste, was die Bank über ihn und Anatol wusste, und das *alles* von Bellmann erfahren hatte. Außer der Tatsache, dass er selbst, zusammen mit Anatol, faktisch die Furnituro GmbH *war*, was wiederum Bellmann nicht wusste. Ein großer Idiot, dieser Bellmann, ich hatte es immer schon gewusst. Natürlich ließ mich Uwe nicht an seinem Wissen teilhaben, ohne mir zuvor zu erklären, «wie's geht», das heißt, klargemacht zu haben, dass ich für ihn arbeiten werde. Gegen Bezahlung, versteht sich.

«Auf Lohnsteuerkarte?»

«Pff. Das machen wir *so.*»

«Und wie soll ich dir helfen?»

«Bellmann abwimmeln.»

Das war definitiv *kein* schwieriger Auftrag. Bellmann hatte Uwe höchstwahrscheinlich sowieso nur aus Verlegenheit aufgesucht. Ich war beeindruckt von Uwes Sicherheit. Ihm war klar, dass ich ihn, da er mir seine Geschichte erzählt hatte, bei der Bank verpfeifen konnte. Aber er wusste, dass ich das nicht tun würde. Gründe? Gründe gab und gibt es dafür viele. Ich helfe lieber Uwe gegen Bellmann als der Bank gegen Uwe und Anatol. Dann gingen wir hinüber ins «Stilmöbelparadies», wo Anatol in seinem Büro saß. Uwe stellte mich als seinen neuen Berater vor, Anatol begrüßte mich verbindlich – und das war's. Mir war zwar ein wenig mulmig, aber das legte sich, als mir Uwe fünftausend Mark in bar in die Hand drückte.

«Dafür musst du nichts tun. Das ist nur, damit du weißt, dass ich es ernst meine.»

Ich schob das Geld ein und ging wieder hoch in meine Wohnung. Und ich saß, etwas verdattert, in meiner Küche, legte die fünftausend vor mich hin und fragte mich, was sich nun eigentlich verändert habe. Und die Antwort war: gar nichts. Bellmann würde hier nicht so bald auftauchen, und wenn doch, wäre es ein Leichtes, ihn – unter dem Vorwand, dass wir ja immerhin mal zusammengearbeitet hatten – auf eine falsche Fährte zu locken. Das war kein hoher Gegenwert für fünftausend, überhaupt nicht.

Schlimm ist allerdings, dass Uwe und Anatol seither jeden Tag bei mir anrufen und sich mit mir treffen wollen. Ich habe noch nie eine dieser «Einladungen» abgesagt, weil ich Angst vor dem Ärger habe, den das verursachen könnte. Meistens zieht es sie ins «Funkadelic», und wir gehen da hin. Es ist ein endloses Schultergeklopfe und Whiskyangestoße, die Gespräche drehen sich ausschließlich darum, wie viel Geld und Muskeln irgendwer hat, es ist zum Kotzen. Sie, ja Sie, sind sicher der Meinung, Ihr Leben habe mit all dem nichts zu tun. Aber Sie irren sich! In Ihrem Leben geht es doch auch nur um Geld und Muskeln, auf die eine oder andere Art – wenn Sie ehrlich sind, geben Sie's zu!

Es ist Mittag. Wie jeden Tag spiele ich mit dem Gedanken, Marianne bei Olivia anzurufen, tue es aber nicht. Sie ruft mich auch nicht an, und vielleicht entspricht es unserer Beziehung – was für ein Wort – am ehesten, wenn wir aneinander denken, ohne miteinander zu sprechen. Angewidert von mir selbst stehe ich auf und beschließe, in die Stadt zu gehen, um mir einen Anzug zu kaufen. Ich habe das dringende Bedürfnis nach einem Dreiteiler, dessen Weste elf Knöpfe hat. Ich fühle mich schwach im Moment, aber verlassen Sie sich drauf, ich werde es tun, ich werde es tun.

23.

An einem gewöhnlichen Wochentag beschließe ich, genug gelitten zu haben und in großem Stil in den Supermarkt zu gehen. Natürlich nicht in irgendeinen Supermarkt, sondern in den in der City, im Untergeschoss eines Warenhauses, den ich oft nach langen Bürotagen aufgesucht habe, um für Marianne und mich ein bisschen Hummer und Champagner für den Abend einzukaufen. Wie ich dieses Bild von mir liebte: Der junge Businesstyp abends, ein wenig abgekämpft, aber in Form, der mit gelockertem Krawattenknoten, den Kopf noch voll mit wichtigen Arbeitsdingen, ein paar ausgesuchte Leckereien für sich und seine Geliebte besorgt. Ich stellte mir vor, ich müsse einen extrem attraktiven Anblick für einkaufende alleinstehende junge Geschäftsfrauen abgeben, von denen hier abends viele unterwegs sind, und diese Vorstellung machte mir großen Spaß. Wie sehr haben sie wohl Marianne unbekannterweise beneidet!

Jetzt, spätnachmittags, ziehe ich los, um mir genau diesen Kick aus dem Supermarkt zu holen. Es ist eigentlich noch ein bisschen zu früh dafür, halb sechs, aber das macht nichts, es wird schon gehen.

Die Glastüren schieben sich lautlos zur Seite, als ich auf sie zugehe, und das Vergnügen kann beginnen. Ich bin guter Laune, etwas euphorisiert sogar von der guten Idee, hierherzukommen, nachdem ich den ganzen Tag lang in wirklich desperater Verfassung allein in meiner Wohnung verbracht habe. Ich bemerke, dass irgendetwas nicht stimmt. Habe ich kein Geld? Doch, habe ich, ich taste nach meinem Portemonnaie in der Gesäßtasche, es ist da. Nein, ich brauche mir nichts vorzumachen, ich weiß genau, was nicht stimmt. Mir fehlt diese angenehm erschöpfte Lockerheit, die man nach einem erfolgreichen Tag im Büro verspürt. Ich bin verkrampft, verspannt, mein Anzug sieht verdächtig frisch aus, mein Gesicht bestimmt auch.

Ich stelle mich an der Fischtheke an. Ich werde mir irgendetwas Leckeres kaufen, nicht gerade Hummer, aber Garnelen vielleicht oder einen Knurrhahn. Vor mir stehen zwei Asiaten in der Schlange, sie unterhalten sich lebhaft über das Fischbecken hinter der Theke, wie ich ihren Gesten entnehme, es gefällt ihnen wohl, dass darin *lebende* Fische schwimmen. Aber sie entscheiden sich für etwas anderes. Ich hingegen wünsche jetzt, einen Fisch sterben zu sehen. Als ich an die Reihe komme, lächle ich den Verkäufer an und deute auf das Bassin hinter seinem Rücken. Die geschäftsmäßige Freundlichkeit verschwindet schlagartig aus seinem Gesicht, als hätte ich ihn geohrfeigt. Sein sorgenvoller Blick passt ganz und gar nicht zu seinem albernen Aufzug, den er, auf Anordnung seines Marktleiters, wie alle seine Kollegen hinter der Fischtheke tragen muss. Ein blau-weiß gestreifter Leinenkittel, ein rotes Halstuch und eine Prinz-Heinrich-Mütze lassen ihn, der bestimmt Mitte vierzig ist, aussehen wie einen in die Jahre gekommenen Michel aus Lönneberga. Ich frage mich, was er mit seinem Leben angestellt hat, um schließlich in diesem Spaßgewand hinter dieser Fischtheke zu landen.

«Ich hätte gerne einen Karpfen aus dem Bassin hinter Ihnen», sage ich sehr höflich, beinahe schmeichelnd.

Er ruft, ein bisschen kläglich, den Namen seines Kollegen im Kühlraum.

«Kann gerade nicht!», kommt es von dort zurück.

Also muss der alte Michel aus Lönneberga den Kampf mit dem Karpfen ganz allein bestehen. Er fügt sich seinem Los, greift nach einem Käscher und beginnt, unbeholfen in dem Fischbecken herumzuwerken. Die Tiere geraten in Aufruhr. Ich überlege, ob ich ihm sagen soll, ich würde nicht unbedingt auf Karpfen bestehen – was er zuerst erwische, könne er mir geben. Da gelingt es ihm, einen ordentlichen Karpfen, bestimmt siebzig Zentimeter lang, ins Netz zu bekommen.

Er hebt ihn mit dem Käscher aus dem Becken, wobei er eine hübsche Überschwemmung hinter der Theke anrichtet, der Karpfen zappelt mit erstaunlicher Gewalt im Netz hin und her, beinahe gelingt es ihm, sich zu befreien, doch der alte Michel hält die freie Hand drauf, und irgendwie schafft er es, das panische Vieh in die Blechschale seiner Fischwaage zu klatschen. Er hält es brutal im Würgegriff, während er mich sinnlos fragt:

«Recht so?»

Der Zeiger der Waage fliegt hin und her wie ein Scheibenwischer.

«Wunderbar», antworte ich.

Der alte Michel öffnet den Deckel einer Vorrichtung, deren Zweck ich zwar bisher nicht kannte, aber jetzt sofort erahne, und wirft den Karpfen hinein, schließt den Deckel und dreht an einem Regler. Ein hohes Pfeifen ertönt, nicht laut. Es ist klar, dass dieses Pfeifen nichts Gutes für den Fisch bedeutet, er stirbt, wenn ich auch nicht weiß, wie. Michel schaut wie hilfesuchend an die Decke. Der Pfeifton bricht ab, Michel öffnet den Apparat und holt den Karpfen heraus, er sieht ein bisschen blasser aus als zuvor, seine Lippen sind geschwollen und, wie mir scheint, leicht versengt. Wahrscheinlich ist er durch elektrischen Strom zu Tode gekommen, reime ich mir zusammen.

«Ausnehmen?», fragt Michel, er ist auch ein bisschen blasser.

«Bitte.»

Ich erinnere mich, japanische Sushi-Köche gesehen zu haben, die mit behänden Fingern und kleinen Messern so geschickt Fische zerlegten, dass es aussah, als zerfielen sie von selbst in lauter wohlproportionierte Stückchen. Der alte Michel aber geht an die Sache heran wie ein Mörder. Er schlitzt dem Karpfen den Bauch mit seinem womöglich stumpfen Messer auf, es gelingt ihm kein glatter Schnitt, das Fleisch franst aus. Weil er weiß, dass ich das gesehen habe, ärgert er sich, jetzt ist ihm klar, dass ich weiß, er ist ein Dilettant. Er greift mit der Faust in den Fisch. Ich sage:

«Achten Sie auf die Gallenblase.»

Als hätte ich ihm einen Tritt in den Hintern verpasst, dreht sich Michel zu mir. In seinen Augen steht blanker Hass. Sehr schön, so mag ich's.

«Ich sag Ihnen mal eines: Ich bin eine Aushilfskraft hier und kein Scheißfischer oder -metzger oder so was. Ich mache meine Arbeit, wie sie mir gezeigt worden ist. Mehr kann man nicht verlangen für zwanzig Mark die Stunde.»

Ich bin entzückt, ich sage:

«Äh, ich glaube, Sie haben mich missverstanden. Ich bat Sie, auf die Gallenblase zu achten. Der Hinweis erschien mir angebracht, so wie Sie sich anstellen. Ihren Stundenlohn wollte ich gar nicht wissen. Aber wenn Sie meine Meinung hören wollen: Ich finde, Sie werden sehr gut bezahlt für die Arbeit, die Sie da machen.»

«Na hören Sie, werden Sie bloß nicht frech.»

«Frech, wer ist hier frech? Ich würde vorschlagen, wir unterhalten uns mal mit Ihrem Geschäftsführer.»

«Das können Sie gerne haben.»

Michel ist empört und geht seinen Chef holen. Ich sehe mich um. Hinter mir steht eine lange Schlange von sehr genervten Leuten. Ihnen ist egal, worum es hier geht. Sie wollen drankommen, einkaufen. Sie werden sich noch ein wenig gedulden müssen. Der Geschäftsführer kommt. Auch er im Michel-aus-Lönneberga-Outfit. Ich erkläre ihm, sein Unter-Michel habe mir durch seine offensichtliche Ungeschicklichkeit Anlass gegeben, ihn um die nötige Vorsicht auf die Gallenblase beim Ausnehmen des Fisches zu bitten. Daraufhin sei er pampig geworden. Der Geschäftsführer beschwichtigt mich, ermahnt den Unter-Michel. Das bringt mich in Stimmung. Ich fasse mir prüfend an den Krawattenknoten und halte eine aufgebrachte Rede über die Dienstleistungswüste Deutschland. Jetzt, wo ich einmal dabei bin, fällt es mir gar nicht ein, so schnell wieder aufzuhören. Der Ober-Michel mimt Verständnis, der Unter-Michel macht in Demut den ausgefransten Fisch fertig, und ich beginne gerade, mich immer besser zu fühlen, da pöbelt der wartende Mob hinter mir los. Zu meiner Überraschung richtet sich ihre Wut gegen *mich*, nicht gegen die Michels. Ich solle endlich den Mund halten, zusehen, dass ich weiterkomme, ob ich zu viel Zeit hätte und so weiter.

Völlig konsterniert breche ich meine Ausführungen ab, greife nach meinem Fischpaket und gehe zur Kasse. Ich bezahle und gehe wie betäubt zur U-Bahn. Ich steige in ein überfülltes Abteil, die Leute fahren von der Arbeit nach Hause. Vor dem Aussteigen lasse ich langsam den Arm sinken und den eingepackten Fisch zwischen die Füße der Fahrgäste fallen. Als ich ausgestiegen bin, ruft jemand hinter mir her:

«Sie haben etwas verloren!»

Ich drehe mich nicht um. Er wiederholt etwas dringlicher:

«Sie haben etwas verloren!»

Ich gehe schneller, beginne zu laufen. Die Türen schließen. Die U-Bahn fährt ab. Ich laufe nach Hause und hoffe, dass mir niemand meinen Fisch hinterherträgt.

24.

«Marianne, *du?*»

«Ja, ich dachte, ich ruf dich mal an. Freust du dich?»

«Natürlich freue ich mich. Ich habe nur nicht damit gerechnet.»

«Wie geht's dir denn?»

«Gut geht's mir. Neulich wollte ich Fisch einkaufen, ein Fischessen machen, so wie wir beide manchmal – nein, Marianne, es geht mir *nicht* gut. Definitiv nicht.»

«Mir auch nicht.»

«Willst du wiederkommen?»

«Willst *du* denn, dass ich wiederkomme?»

«Ich weiß nicht. Ja und nein. Eher – ich weiß nicht.»

«Geht mir genauso. Aber jetzt ist es noch zu früh. Wie sieht denn die Wohnung aus?»

«Was ist das für eine Frage? Die Wohnung sieht aus, wie sie immer aussieht. Ich habe die Putzfrau nicht abbestellt, wenn du das meinst. Was ist das für eine Scheißfrage!»

«Schon gut, lass gut sein. War ja nur so 'ne Frage. Ich glaube sowieso, dass es besser ist, wenn ich erst mal hier bei Olivia bleibe.»

«Aha, glaubst du also. Und?»

«Was, *und*?»

«Nun, du hast doch sicher einen *Grund,* mich anzurufen. Oder war es das schon? Du wolltest nur gerade mal fragen, ob die Wohnung sauber ist? Die Wohnung *ist* sauber. Sonst noch was.»

«*Thomas.*»

«Tut mir leid. Meine Nerven liegen blank, verstehst du? Ich weiß nicht, was ich machen soll.»

«Schreibst du Bewerbungen? Suchst du nach einem neuen Job?»

«Ja, das heißt, ich habe vor, das zu tun, aber im Augenblick beschäftigen mich zu viele andere Dinge.»

«Was denn für Dinge?»

«Ich weiß nicht. Dinge eben. Außerdem: Warum reden wir über mich? Warum reden wir nicht über dich? Du bist schließlich hier ausgezogen. Wann ziehst du wieder ein?»

«Ich bin nicht ausgezogen.»

«Nicht? Na, dann muss ich was übersehen haben. Komisch, ich dachte, du wärest seit vier Wochen weg.»

«Ja, aber ich bin nicht ausgezogen, es ist nur – ich glaube, es ist besser, ich bleibe eine Weile bei Olivia. Und du denkst das auch, sonst hättest du längst mal angerufen. Ich hätte gedacht, du rufst mal an.»

«Hättest du gedacht. Du sagst, du fährst für eine Woche zu Olivia. Ich denke mir gleich: Sie wird nicht zurückkommen nach dieser einen Woche. Und tatsächlich, sie *kommt* nicht zurück. Jeder normale Mensch hätte angerufen an meiner Stelle, weiß ich selber. Aber ich hatte keine Lust, anzurufen.»

«Hattest du keine Angst, mir könnte was passiert sein?»

«Doch, hatte ich. Aber Olivia wäre die Erste gewesen, die mich angerufen hätte, wenn dir etwas passiert wäre. Weil weder du noch Olivia angerufen hat, wusste ich, dass es dir gutgeht. Besser als mir jedenfalls.»

«Tut mir leid, dass ich nicht angerufen habe.»

«Jetzt hast du ja angerufen.»

«Ich habe hier einen Job in Aussicht. Olivia hat einen Bekannten, der eine Werbeagentur besitzt.»

«Ist ja toll. Das heißt, du wirst hier ausziehen.»

«Ich weiß ja nicht, ob ich den Job nehme. Es muss sich etwas ändern in meinem Leben.»

«Gute Idee. Fang doch am besten damit an, dich scheiden zu lassen. Ich fass es nicht!»

«Mach mal halblang.»

«Ich soll halblang machen? Nach vier Wochen – du hättest ebenso gut tot sein können – rufst du an, um mir mitzuteilen, dass du einen neuen Job hast, und zwar ganz woanders, und ich soll halblang machen? Soll ich dir deine Sachen packen und nachschicken? Rufst du deshalb an? Ja? Scheiße, sag ich dir, ganz große Scheiße!»

«*Thomas.*»

«*Thomas, Thomas,* ja was ist, *Thomas!*»

«Ich komm ja zurück. Nur eben nicht gleich. Das wollte ich dir sagen.»

«Das wolltest du mir sagen.»

«Ja.»

«Und wenn es so wäre, dass ich gar keinen Wert darauf legte? Dass ich mich hier bestens ohne dich eingerichtet hätte? Was wäre, wenn es so wäre? Hm?»

«Dann müsstest du es mir sagen.»

«So, *sagen* müsste ich es dann. Sagen – und dann wär's gut, wie? So wie du mir jetzt sagst, dass du ein paar Monate oder Jahre oder was weiß ich später nach Hause kommst, wie? Kurzer Anruf, Liebling, ich komm später, und fertig.»

«Nein, so ist es nicht.»

«Doch, genau so ist es.»

«Liebst du mich denn?»

Die Frage kommt so unvorbereitet, so überraschend für mich, sie ist, wie mir scheint, so entwaffnend aufrichtig und gleichzeitig so vollkommen blöde gestellt, dass mir schlicht und einfach nichts Besseres einfällt, als aufzulegen. Einfach großartig. Ich habe gerade Mariannes Frage, ob ich sie liebe, damit beantwortet, dass ich die «Gespräch beenden»-Taste gedrückt habe. Ich sehe ein, so geht das nicht, ich muss sie zurückrufen. Es tut mir leid, ich muss mich entschuldigen. Was soll ich tun, verdammt? Ich suche nach Olivias Nummer und finde sie natürlich nicht. Das Telefon klingelt. Marianne, es ist Marianne.

«Hallo, hast du gerade aufgelegt?»

«Natürlich nicht, wie kommst du darauf? Du warst plötzlich weg, die Leitung war unterbrochen.»

«Komisch.»

«Ja, ich weiß auch nicht.»

«Thomas?»

«Ja.»

«Ich finde, wir sollten ehrlich zueinander sein.»

«Das finde ich auch, ja.»

«Ich glaube, was wir beide jetzt vor allem nötig haben, ist Zeit.»

«Zeit zum Nachdenken, meinst du.»

«Wir müssen herausfinden, was wir wollen, was für uns wichtig ist.»

«Ja, ja, da hast du sicher recht.»

«Und dann können wir sehen, wie es mit uns beiden weitergeht.»

«Also gut. Wie machen wir weiter?»

«Wir werden ab und zu telefonieren. Ich geb dir meine Nummer.»

«Hab ich, hab ich doch. Es ist Olivias Nummer, nicht? Die hab ich.»

«Mehr können wir im Augenblick gar nicht tun.»

«Du hast recht. Wahrscheinlich hast du recht.»

«Ich denk an dich, Thomas. Und ich hoffe, dass wir das gemeinsam hinkriegen.»

«Ja. Das hoffe ich auch. Ich denk auch an dich.»

«Ciao.»

«Ciao.»

Ich höre, wie sie die Leitung unterbricht, auflegt. Ich denke mir: Das war die Kündigung. Kündigung Numero zwei sozusagen. Zwei Kündigungen pro Monat, das ist ein stattlicher Schnitt. Mal sehen, ob ich den halten kann. Es gibt ja noch viele Dinge, die mir gekündigt werden können. Meine Bankkonten, meine Kreditkarten, meine Wohnung, der Fernsehanschluss, ach, da wird sich noch genug finden. Ich bin doch keine sechzehn mehr, dass ich auf diesen «Wir brauchen jetzt ganz viel Zeit zum Nachdenken»-Kitsch hereinfalle. Das ist doch der klassische Text, den eine Frau aufsagt, wenn sie vorhat, sich aus dem Staub zu machen. Und ich muss auch wirklich nicht besonders viel nachdenken. Meine hat sich ja schon aus dem Staub gemacht. Ich gehe in der Wohnung auf und ab und führe Selbstgespräche. Toll. So ist das also. Mein Blick bleibt an meinem Abbild im Garderobenspiegel haften. Wie sehe ich aus? Ich sehe mich genau an. Ich sehe aus, als müsste ich dringend ausgehen.

25.

Ich bin etwa einen halben Meter größer als sonst. Das ist nicht viel, aber auch nicht wenig. Wenn ich meine Kiefer auseinanderklappe und lache – ich lache viel –, könnte ich glatt den ganzen Laden hier verschlucken, zumindest die kleine Blondine da vor mir, wie heißt sie noch gleich? Anatol hat sie mir heute Abend bestimmt schon fünfmal vorgestellt.

«Wie heißt du nochmal?»

Sie verdreht genervt die Augen, Anatol hilft aus:

«Sie heißt noch immer Sabine. Wie vor zehn Minuten, als du zum letzten Mal gefragt hast.»

Meine gute Stimmung scheint sich nicht so recht auf meine Begleiter übertragen zu wollen. Außer auf Uwe, der zwar nichts sagt, aber schon seit geraumer Zeit ohne Pause grinst. Das liegt daran, dass ich vorhin mit ihm auf der Herrentoilette gekokst habe. Ich habe seit der Abiturfeier nicht mehr gekokst, erst jetzt wieder. Ich frage mich, ob mich meine Mutter tatsächlich unter Schmerzen geboren hat, damit ich jetzt, fünfunddreißigjährig, bekokst und arbeitslos, mit Leuten wie Uwe, Anatol und Sabine in einem Schuppen wie dem «Funkadelic» stehe und nicht aufhöre zu lachen. War es das wirklich wert? Ich meine, die ganzen Mühen der Erziehung, die Bezahlung der Ausbildung, all das. Die Antwort lautet ohne jeden Zweifel: Ja, denn ich fühle mich prächtig!

Marianne, die es zu vertreten hat, dass ich den heutigen

Abend so verbringe, wie ich ihn verbringe, muss begreifen, dass es nicht nur sie auf der Welt gibt. Es gibt auch mich. Und es gibt andere Frauen, wie Sabine zum Beispiel. Mein momentanes Problem besteht darin, dass ich vom vielen Johnny Walker und Koks schwer durcheinandergeraten bin.

Anatol hat mir Sabine, glaube ich, nicht umsonst vorgestellt. Es soll sich um so eine Art Aufmerksamkeit unter Männern handeln, weil wir jetzt zusammenarbeiten. Er hat mir erklärt, woher er sie kennt, aber ich hab's nicht verstanden, wegen des Lärms hier drin. Die Gesten, die seine Rede begleiteten, bedeuteten jedenfalls: Wenn du ein bisschen nett bist zu dem Mädchen, kannst du vielleicht mit ihr ins Bett gehen.

Und eben mit dem Ein-bisschen-nett-Sein habe ich meine Schwierigkeiten. Sie fand es einfach nicht gut, dass ich ihren Namen so oft und so schnell hintereinander vergessen habe. Obwohl wirklich keine Absicht dahintersteckte. Mittlerweile bin ich dazu übergegangen, sie einfach anzulächeln, und zwar ziemlich lange.

Siehe da, Erfolg! Erfolg! Sie beugt sich zu mir herüber, um mir etwas zu sagen, aber ich kann sie leider nicht verstehen. Es ist wieder dieser Scheißlärm. Ich lächle sie lieb an und zucke die Achseln.

Sie wiederholt, was sie gesagt hat, ich verstehe es immer noch nicht. Sie wendet sich brüsk ab und spricht zu Anatol. Der grinst, er *hat* offenbar verstanden, er tritt an mich heran und brüllt mir ins Ohr:

«Sabine lässt fragen, ob es dir etwas ausmachen würde, ihr für fünf Minuten einmal *nicht* auf die Titten zu starren?»

Wie bitte? Das ist nicht nett. Ich habe sie charmant angelächelt, das war alles. Ich brülle Anatol Ins Ohr:

«Ich *habe* ihr nicht auf die Titten gestarrt. Sag ihr, sie soll sich bloß nichts einbilden.»

Anatol winkt lachend ab. Ich muss auch lachen, obwohl ich die Entwicklung, die das hier nimmt, sehr unerfreulich finde. Ich wende mich deshalb Uwe zu, in dessen braungebrannter, wasserstoffblonder Birne offenbar sämtliche Lichter ausgegangen sind. Er glotzt, den Mund halb offen, auf die Tanzfläche und nickt zum Rhythmus der Musik. Bei hundertzwanzig Beats per Minute sieht das aus wie Parkinson im finalen Stadium. Animiert durch Uwes Blickrichtung, gehe ich zur Tanzfläche. Von meinen Freunden kommt keiner mit. Dort ist die Musik *so* laut, dass nicht nur jedes Gespräch unmöglich wird, sondern auch jeder noch so primitive Gedanke. Ich muss stehen bleiben, weil ich in ein Stroboskopgewitter geraten bin, das es mir unmöglich macht, einen Fuß vor den anderen zu setzen. Zufälligerweise bin ich genau an einem der Tische am Rand der Tanzfläche zum Stehen gekommen. Ich versuche, andere Leute zu erkennen, soweit das bei dieser Beleuchtung möglich ist. Ich könnte mir durchaus vorstellen, dass auch Banker hierhergehen, wenn sie mal einen draufmachen wollen. Das Publikum ist so eine Mischung aus Nachtlebenleuten und jüngerem Establishment. Ich sehe in meinem Dreiteiler sicher auch aus wie ein Bankangestellter auf Drogenurlaub. Genauso will ich ja auch aussehen, weil ich exakt das bin, ein Bankangestellter auf Drogenurlaub, allerdings auf unbestimmte Zeit. Irgendetwas in mir, mein nüchternes Ich vielleicht, fängt plötzlich an herumzuvernünfteln, es wäre nötig, meinem Leben endlich wieder eine Richtung zu geben und so fort. Was stelle ich hier an? Vier Wochen nach meiner Entlassung der Einstieg in den Kokshandel? Wie lange wird es dauern, bis ich im Park vor der Bank lande und frühmorgens zum Eingang hinüberwinke: «Hallo, Kollegen, ich habe umgesattelt. Ich mach jetzt 'ne *Drogen*karriere.»

Natürlich befürchte ich das nicht wirklich. Aber Fakt ist auch, dass ich keine Ahnung habe, was ich mit mir anfangen soll. Ich habe nicht die leiseste Idee. Vielleicht sollte ich wirklich Bewerbungen schreiben, wie Marianne gesagt hat. Nur fehlt mir komischerweise *jede* Lust dazu. Ich weiß nicht, wieso, aber ich habe das einfach hinter mir gelassen. So etwas wie die Kosiek-Sache – oder sollte ich sagen: die Rumenich-Sache? – passiert mir kein zweites Mal. Und ich bin illusionslos genug, zu wissen: Wenn ich bei einer anderen Bank einen neuen Job bekäme, wären solche Geschichten erneut unausbleiblich.

Ich weiß nicht, was ich tun soll, also beginne ich zu tanzen. Das hört sich, zieht man meinen Zustand in Betracht, leichter an, als es ist. Ich glaube nicht, dass es mir auf Dauer gelingen wird, den Takt zu halten, außerdem wird mir bald die Kraft ausgehen, mit meiner Kondition ist es nicht zum Besten bestellt. Aber das ist noch eine Weile hin.

26.

Ich sitze mit Uwe und Anatol im «Café Blue» und versuche, mich aufrecht zu halten. Anatol sagt, ich müsse jetzt unbedingt eine Bloody Mary trinken, mit viel Tabasco, das würde mich wieder hochbringen. Mir ist hundeelend. Damit er mich endlich in Ruhe lässt, bestelle ich mir eine, gebe drei satte Spritzer Tabasco hinein, rühre um, trinke einen Schluck und gehe dann kurz kotzen.

Wieder zurück, stelle ich fest, dass Uwe und Anatol begonnen haben, über das Geschäft zu reden, das mich mit ihnen zusammengeführt hat. Die Aussicht, mich mit etwas anderem als mir selbst beschäftigen zu können, verbessert mein Befinden schlagartig.

Es ist die Rede von dem Mann, den ich immer den Serben genannt habe und der sich aus dem Staub gemacht hat. Der Typ, der Marianne hartnäckig seine Geräte angeboten hat. Er heißt Miro und ist Anatols Schwager.

«Jetzt erklären wir dir, wie's gemacht wird.» Sagt Uwe. Anscheinend sehe ich überrascht aus, denn er fügt erklärend hinzu:

«Bellmann ist hinter uns her. Er hat gestern wieder angerufen. Der steht bald wieder vor der Tür. Und du wirst uns helfen, ihn loszuwerden. Endgültig.»

«Was verstehst du unter *endgültig*?», frage ich. Uwe lacht:

«Na, einfach: dass er wieder geht!»

Anatol und Uwe lachen laut. Tatsächlich ist es ausgesprochen komisch. Sie hören so abrupt damit auf, wie sie begonnen haben. Dann rücken wir etwas näher zusammen, und sie erklären mir, «wie's gemacht wird», wobei Uwe sozusagen den dramatischen Rahmen der Erzählung liefert und Anatol hin und wieder Details ergänzt. Es dauert lange und wird viel komplizierter gemacht, als es ist. Vermutlich wollen sie mich beeindrucken. Das gelingt ihnen restlos.

Uwe, als Bodybuilder und Betreiber eines Fitness-Studios dafür kompetent und prädestiniert, betreibt den illegalen An- und Verkauf von Aufbaupräparaten, hauptsächlich Anabolika, Stearin, aber auch Koks kann man bei ihm bekommen, obwohl er darin nicht den eigentlichen Zweck seines Unternehmens sieht. Das Kokain gibt es, weil die Kunden danach verlangen. Sie kaufen Anabolika bei ihm, und wenn sie dann schon mal dabei sind, sich illegal Drogen zu beschaffen, wollen sie begreiflicherweise auch noch ein Heftchen Koks dazu. Da ist man als Händler natürlich fein raus, wenn man das dann parat hat. Die Anabolika-Leute sind keine Junkies, sie koksen nur, um sich beim Trainieren besser zu fühlen. *Noch* besser. Sagt Uwe.

Neben diesem Geschäftsbereich hat Uwe das Fitness-Studio laufen, das sich so ungefähr selbst trägt. Anatols «Stilmöbelparadies» spielt da eine weit wichtigere Rolle. Uwe erklärt mir, dass er seine Bücher in Ordnung halten will. Darum wird das ganze Schwarzgeld, das er mit Dopingmitteln und Drogen verdient, über das «Stilmöbelparadies» weiß gemacht. An dieser Stelle kommt Miro ins Spiel. Anatol beschreibt ihn als verantwortungsvollen, vertrauenswürdigen Geschäftsmann, der aber einfach «Probleme» gehabt habe und deshalb nach Serbien zurückgegangen sei. Er ist derjenige, der die Schulden der Furnituro GmbH zu verantworten hat. Miro organisiert über Verwandte und Bekannte in aller Welt, dass Anatol Bestellungen bekommt. In Ljubljana, Paris, Bukarest, Moskau, London, New York gibt es anspruchsvolle Kunden, die Anatols Stilmöbel so sehr schätzen, dass sie komplette Wohn-, Ess- und Schlafzimmer anfordern, um sich damit ihr ganzes Heim gemütlich einzurichten. Miro sorgt dafür, dass nur größte Aufträge hereinkommen. Anatol nimmt sie alle an, stellt Lieferscheine, Rechnungen aus und bestätigt den Kunden dankend die eingegangenen Zahlungen. Natürlich bekommt niemand je Möbel geliefert, und niemand bezahlt je eine Rechnung. Sie werden mit Uwes Schwarzgeld bezahlt, das auf diese Weise in die Bücher kommt und weiß wird. Nicht das ganze Schwarzgeld, nur der Teil, der nötig ist, um das «Stilmöbelparadies» als gesundes Unternehmen dastehen zu lassen. In der Tat halten Buchprüfer und Finanzamt das «Stilmöbelparadies» für ein vorbildliches Geschäft, und Anatol legt den Behörden gegenüber Wert darauf, nicht mit der Furnituro GmbH in Verbindung gebracht zu werden, von der er den Laden für eine Mark gekauft hat, nachdem Miro pleite war.

Die ganze Sache läuft reibungslos, das einzige Risiko, der einzige heikle Punkt, scheint mir, besteht in der Beschaffung von Anabolika und Drogen. Aber Uwe sagt, das habe er im Griff, er arbeite mit hundert Prozent zuverlässigen Leuten zusammen, da passiere nichts. Ihm macht allein Bellmann Sorgen.

Bellmann weiß natürlich auch, dass Uwe und Anatol

mit der Furnituro GmbH, die allein Schuldnerin der Bank ist, «offiziell» nichts zu tun haben. Trotzdem hört er nicht auf, sich um meine beiden Freunde zu kümmern. Uwes Verdacht, Bellmann könnte etwas über die Zusammenarbeit zwischen ihm und dem «Stilmöbelparadies» herausbekommen haben, ist deshalb gar nicht so abwegig. Und an der Stelle kommt ihm meine Mitarbeit sehr gelegen.

Mir geht eine Menge durch den Kopf, im Augenblick. Uwe und Anatol, die ich bisher für etwas minderbemittelte Kleingewerbetreibende mit vielleicht manchmal nicht ganz astreinen Geschäftspraktiken gehalten habe, entpuppen sich als engagierte, wohlorganisierte Gangster, ausgestattet mit einem respektablen Quantum an krimineller Energie. Und ich bin, ohne es noch recht begriffen zu haben, zu ihrem intimen Mitwisser und Komplizen geworden. Mit allem, was ich gehört habe, müsste ich nun zur Polizei gehen und Anzeige erstatten. Aber Uwe und Anatol haben mich auf ihre Payroll gesetzt, also tue ich es nicht. Und was hätte ich auch für einen Grund, sie hinzuhängen? Sie meinen, es genügt, dass sie gegen das Gesetz verstoßen, und ein Bürger wie ich verpflichtet ist, das sofort zu melden? Natürlich, Sie haben recht, was meine Freunde da tun, ist illegal. Aber das ist der Aspekt an unserer Zusammenarbeit, der mich am allerwenigsten interessiert. Offen gestanden kann ich mir unter Illegalität nichts vorstellen, solange es um Geld geht. Alles dreht sich darum, die eigenen Interessen durchzusetzen oder diejenigen eines anderen, von dem man sich bezahlen lässt. Ich kann nicht erkennen, warum der Verkauf von Anabolika an Leute, die sich damit verschönern und umbringen wollen, Unrecht sein soll, die

Vernichtung bürgerlicher Existenzen durch die exponenziell ansteigenden Zinsforderungen einer Bank hingegen nicht. Sie wollen entschuldigen, aber derlei Unterscheidungen sind nie mein Fall gewesen, das ist für die Gutgläubigen, die von sich behaupten, es «bedeute» ihnen etwas, in einem Rechtsstaat zu leben, obwohl sie keine blasse Ahnung haben, was das sein könnte.

Wir reden hier vom Geld, wohlgemerkt, und Sie wissen sehr gut, dass diesbezüglich nur ein Gesetz gilt, das Gesetz des Karnevals. Erlaubt ist, was gefällt. Wer keine Steuern hinterzieht, ist ein Schwachkopf. Wer sich dabei erwischen lässt, ein noch größerer. Sie werden das vielleicht anders sehen, werden sagen, von Ihren Steuern werden Schulen gebaut, Straßen, Kindergärten, Altenheime. Aber haben Sie sich schon einmal überlegt, wie das abläuft, zum Beispiel der Bau eines Altenheims, *jedes* Altenheims? Ein Bauträger lässt einen Architekten, einen echten Idealisten und Freund der Menschheit, ein Altenheim planen, das jedem Greis die Freudentränen in die Augen treibt. Von soliden Handwerkern, die ihre Sozialabgaben bezahlen, lässt er sich horrende Angebote für die Bauausführung schreiben, und in entsprechender Höhe beantragt er staatliche Fördermittel, *Ihre* Steuern, die er ohne weiteres bekommt. Das Altenheim lässt er von Schwarzarbeitern, die im Elend leben, bauen und bezahlt ihnen zwei Mark die Stunde dafür, außerdem erlaubt er ihnen, auf der Baustelle zu übernachten. Vom Rest des Geldes kauft er sich eine Finca auf Mallorca mit eigenem Golfplatz und dazu ein Flugzeug, damit er schneller hinkommt. Von Fällen wie diesen lesen Sie jeden Tag in der Zeitung. *Jeden* Tag. Beantworten Sie also nur diese eine Frage aufrichtig: Wer ist der Idiot – der Bauträger, der sein Geschäft gemacht hat, oder Sie, weil Sie vergessen haben, die Steuern zu hinterziehen?

Anatol und Uwe haben sich für den weisen Weg des rechten Maßes entschieden. Sie investieren einen Teil ihres Schwarzgeldes, um ihre Geschäfte ordentlich aussehen zu lassen und unbehelligt leben zu können. Mit dem größeren Rest kaufen sie sich, was sie wollen: Autos, Frauen, Häuser … Ich genieße die anregend intelligente Gesellschaft von Anatol und Uwe.

27.

So ganz sicher ist sich Uwe dann offenbar doch nicht gewesen, dass ich das Maul halten werde, und hat mir ein Kuvert mit dreißig Tausendern über den Tisch geschoben, ganz so, wie früher der gute Onkel am Heiligen Abend. Ich konnte natürlich nicht sehen, wie viel Geld in dem Umschlag steckte, ich rechnete mit ein paar Tausendern, höchstens fünf, wie beim ersten Mal.

Gleich nachdem ich zu Hause angekommen bin, habe ich das Kuvert geöffnet und gezählt. Dreißig Tausendmarkscheine. Dreißigtausend ist eine absurd hohe Summe für das, was ich tun soll. Ich habe versprochen, mit Bellmann zu reden, ihn zu überzeugen, dass Uwe und Anatol mit der Furnituro GmbH nichts zu schaffen haben. Das dürfte nicht schwer sein, denn außer ein paar obskuren Verdachtsmomenten hat Bellmann nichts, was seine Annahme stützt, sonst hätte er ihnen längst die Hölle heiß gemacht.

Ich verstehe weder, warum mich meine neuen Freunde so leichtfertig und ohne echten Grund ins Vertrauen ziehen, noch warum sie mir so viel bezahlen. Schätzen sie meinen Einfluss bei der Bank falsch ein? Haben sie etwas vor, von dem ich nichts ahne? Oder werfen sie mit Geld um sich, weil sie mich beeindrucken wollen?

Ich sitze am Küchentisch und mische die dreißig Tausender wie Spielkarten. Es ist ein großer Unterschied, ob man sein Gehalt, zum Beispiel die Tantieme am Jahresende, die in meinem Fall immer etwa die gleiche Höhe hatte, von seinem Arbeitgeber aufs Konto überwiesen bekommt, oder einfach so, schwarz, auf die Hand, unversteuert, ohne Entrichtung von Sozialabgaben und dem ganzen Scheiß. Nicht weil es bar ist, sondern weil es Verbrechergeld ist, echtes, reales Verbrechergeld. Es kommt direkt aus den Schubladen irgendwelcher drogensüchtiger Bodybuilder, die es vermutlich geklaut haben. Dieses Geld fühlt sich an wie eine Schusswaffe, so verboten, so unmittelbar gefährlich. Es schreit danach, ausgegeben zu werden, wie es hereingekommen ist: in einem Schwung, mit großer Geste.

Ich rufe Sabine an, das Pipimädchen, das mir meine Freunde ans Herz gelegt haben. Damit Sie mich recht verstehen: Ich bin keineswegs interessiert an ihr. Das heißt, stimmt nicht, ich bin durchaus interessiert an ihr, aber nicht etwa, weil ich «verliebt» oder Ähnliches wäre. Was soll ich denn tun? Marianne anrufen und ihr vorschlagen, dreißigtausend auf den Kopf zu hauen? Sie würde Fragen stellen, wissen wollen, woher das kommt, und so weiter. Das wäre nicht schlimm, ich würde es ihr erzählen. Aber dann hätte sie keine Freude mehr daran, es mit mir auszugeben. Sie würde sagen, sie verstünde mich nicht mehr. Ich will nicht behaupten, dass ich selbst verstehe, was ich treibe. Man sollte glauben, ein Mann meines Alters, mit meiner Vita, Berufserfahrung und so weiter, wüsste in meiner Lage etwas Besseres mit sich anzufangen, als sich mit Kriminellen wie Uwe und Anatol einzulassen. Aber mir ist das gleichgültig. Ich weiß ganz genau, was mit mir geschähe, wenn ich mich entschließen würde, meinen bisherigen Weg weiterzugehen. Doch ich mache mir keinen Begriff davon, wohin mich die Geschichte mit Uwe und Anatol führen wird. Das ist der entscheidende, der wunderbare Unterschied.

«Hallo?»

Sie meldet sich mit verschlafener Ich-bin-ein-kleines-Kätzchen-Stimme. Es ist drei Uhr am Nachmittag.

«Hier ist Thomas.»

«Hi.»

Das kommt betont gelangweilt. Es soll bedeuten: Wenn dieses Gespräch eine Zukunft haben soll, musst du *sehr* schnell etwas *sehr* Spannendes erzählen. Nun, ich *habe* ja etwas, das ihre Aufmerksamkeit fesseln wird.

«Es ist ein schöner Nachmittag draußen, Sabine. Zeit, aufzustehen und etwas draus zu machen.»

«Ich bin verkatert. Warum rufst du mich an? Ist was?»

«Nein, es ist nichts. Ich wollte nur wissen, ob du mit mir *shoppen* gehen willst?»

«*Shoppen?* Geile Idee. Aber ich hab kein Geld.»

«Würde ich dich anrufen, um dir zu raten, dein *Geld* auszugeben? *Ich* habe Geld. Und ich lade dich ein zu einer Shopping-Tour.»

Ich rede wie der Weihnachtsmann.

«Klingt nett.»

Dem helleren Klang ihrer Stimme entnehme ich: Sie ist plötzlich nicht mehr verkatert, hat kein Kopfweh mehr, ist von einer Sekunde auf die andere begeistert von mir – und hellwach. Ganz schnell haben wir uns vor dem Dolce & Gabbana-Laden in *der* Einkaufsstraße der Stadt verabredet.

Ich mache mich fertig, ziehe einen schwarzen Anzug an, wähle eine Krawatte dazu aus und mache mich auf den Weg zur U-Bahn, der, wie mir bewusst wird, früher mein Arbeitsweg war, jetzt aber wunderbarerweise mein Weg in ein völlig anderes Leben ist.

Ich trage das Kuvert mit den dreißigtausend in der Innentasche meines Sakkos. Mit Uwe und Anatol ins Geschäft gekommen zu sein hat mich nicht aus dem Gleichgewicht gebracht. Ich habe noch nichts getan, was mir Schwierigkeiten bereiten könnte. Ich habe Geld genommen, gut – aber das allein ist schließlich nicht verboten. Ich habe Versprechen abgegeben, die einzuhalten mir unmöglich sein könnte – falls sich Bellmann, was ich mir allerdings nicht vorstellen kann, nicht von mir überzeugen ließe. Immerhin hätte ich nach wie vor die Möglichkeit, den beiden jetzt alles Geld, das ich von ihnen bekommen habe, zurückzuzahlen, ihnen zu sagen, dass ich keinerlei Einfluss auf Bellmann habe, und alles wäre wie niemals geschehen. Ich könnte das jetzt sofort tun, mir dann eine Zeitung kaufen und Stellenanzeigen studieren. Ich könnte Bewerbungen schreiben und in den nächsten paar Monaten wieder einen Job finden. Stattdessen gehe ich jedoch auf dem Weg, der mein früherer Arbeitsweg ist, zum Shoppen mit Sabine, und wenn wir das hinter uns haben, wird nichts mehr sein, wie es war. Ein Einkaufserlebnis von sozusagen existenziellem Rang soll es werden.

Ich bin in Form. Es zieht mich in ein Pelzhaus, aber Sabine verabscheut Pelze, wie sich herausstellt. Ich bin überrascht, dass heutzutage offenbar auch Menschen wie Sabine, die gewiss nicht politisch sozialisiert sind, das Tragen von Pelzen als inkorrekt ablehnen. Mit frommem Eifer repetiert sie, was sie gehört hat: Die Tiere werden unter unwürdigen Bedingungen gehalten, bedrohte Arten werden ausgerottet, überhaupt bedeute es, den Mord an Tieren gutzuheißen, wenn man Pelze trage, und so fort. Mir wird geradezu schwindlig vor Überdruss, ich fasse sie hart am Handgelenk und ziehe sie in den Dolce & Gabbana-Laden hinein, um möglichst schnell zur Sache kommen zu können. Sie fängt etwas hilflos an, sich Stücke auszusuchen, und sieht bei jedem auf das Preisschild. Sie erwähnt es jedes Mal, wenn sie ein herabgesetztes Teil in der Hand hält. Ich sage ihr, sie soll das lassen. Sie lacht verunsichert:

«Ich suche immer nach heruntergesetzten Sachen.»

«Das tut jede Tippse. Aber du bist keine Tippse. Bist du eine Tippse? Sag mir: Bist du eine Tippse?»

Ich staune, wie erregt ich bin.

«Such nach verteuerten Sachen.»

«Es gibt keine verteuerten Sachen.»

«Scheißegal. Such dir was Anständiges aus, was Teures. Ich meine, nicht den Mist, den alle haben, sondern das, was sich alle *wünschen.*»

Sie wird nervös, ich bringe sie durcheinander. Sie sucht sich T-Shirts aus, T-Shirts!

«Was kosten die?»

«Zweihundertfünfzig das Stück.»

«Zweihundertfünfzig? Warum nimmst du nur zwei? Nimm zwanzig!»

«Ich will keine zwanzig.»

«Wieso nicht?»

«Was soll ich mit zwanzig Dolce & Gabbana-T-Shirts?»

«Anziehen. Verschenken. Was weiß ich! Oder such dir was anderes aus.»

Verflucht nochmal, warum greift sie nicht einfach zu! Die Schlampe hat ihr Leben lang in ihrem Spatzenhirn nichts anderes gedacht als: Ich will *das* Kleid, ich will *die* Hose, ich will *die* Bluse, ich will *die* Schuhe, ich will *die* Jacke und so weiter und so weiter. Jetzt kann sie das alles einfach so haben und kapiert es nicht. Ich will sie ja nicht einmal ficken dafür. Sie hat mich gleich beim Betreten des Ladens gefragt, was ich von ihr wolle. Ich habe gesagt: «Ich will dich nicht ficken. Ich will, dass du einkaufst. Im großen Stil einkaufst. Und ich will dir dabei zusehen.»

Und das begreift sie einfach nicht, dieses dämliche Miststück, dabei will ich doch wirklich nichts anderes, als mein Geld hinauswerfen, mein sauer verdientes Geld.

28.

Der Einkaufsbummel mit Sabine war ein Desaster. Als wir bei Versace waren, kam sie mit einem Schal an, einem Seidenschal für ganze vierhundertfünfzig Mark. Vor Versace waren wir bei Lang, Gucci und Prada, und ich hatte immer noch fünfundzwanzigtausend in der Tasche. Ich wurde wirklich wütend. Ich versuchte ihr klarzumachen, dass es so nicht ging, und sie brach in Tränen aus.

Ich kaufte ihr den Scheiß-Seidenschal, sie wehrte sich, wollte ihn mir aus der Hand reißen, als ich zur Kasse ging, doch ich kaufte das Ding und stopfte es in eine ihrer Einkaufstaschen. Sie wurde vulgär, als wir streitend zur U-Bahn-Station hinuntergingen. Ich allerdings auch. Sie nannte mich einen «kranken Geldarsch», ich sie, etwas einfallslos, eine «dumme Fotze». Umstehende drehten sich wegen des Geschreis nach uns um, was mir Anlass war, Sabine einfach stehen zu lassen, mit Klamotten für fünftausend in ihren Taschen, heulend, und es war doch viel zu wenig.

Ich habe beschlossen, ein Auto zu kaufen. Ein Auto für fünfundzwanzigtausend ist nun wirklich nichts Besonderes. Ich werde unsere japanische Scheißkarre in Zahlung geben – mehr als fünftausend werde ich dafür nicht mehr bekommen – und mir einen Jaguar kaufen. Ein Jaguar Double Six ist ansehnlich und gebraucht für dreißigtausend allemal zu haben.

Es ist Samstagvormittag, ich mache mich auf, wieder im Anzug, zum Automarkt.

Der Automarkt, zu dem ich gehe, heißt «Motorama» und ist, wie jeder Automarkt, ein erbärmlicher Ort. Dort erleben viele Käufer ihren Jüngsten Tag. Ihr Erspartes, die Kredite, die sie ihrer Bank mit falschen Angaben aus dem Kreuz geleiert haben, geben sie hin für «Traumautos», die sie sich von vorbestraften Schweinehunden mit schweißigen Achseln und einem Lächeln, das alles verrät, andrehen lassen. Noch während sie das Geld zählen, fällt das Traumauto auf dem Weg vom «Motorama» nach Hause auseinander, der Auspuff bricht, die Kupplung setzt aus, die Lichtmaschine fängt Feuer, und natürlich ist jede Gewährleistung ausgeschlossen. Ein Heulen und Wehklagen setzt ein, man habe es doch von Anfang an gewusst, und man *hat* es ja auch gewusst, aber konnte nicht widerstehen, der Wunsch nach einem Alfa Romeo Spider, nach einer Corvette, nach einem Ford Mustang oder auch nach einem Audi A3, einem Ford Fiesta, einem Golf Turbodiesel war zu mächtig, zu groß, und seine Erfüllung schien das Glück zu sein, einfach: das Glück.

Natürlich ist keiner der Leute im «Motorama», weder Käufer noch Verkäufer, so dumm, das nicht alles zu wissen oder wenigstens zu fürchten. Und trotzdem spielen sie alle die ihnen zugedachten Rollen, die Verkäufer mit dem größten Behagen, die Käufer mit dem Gefühl von Kleinvieh am Schlachttag. Sie dünsten ihre beschränkten Träume mit ihrem Angstschweiß aus, während sie, die Hand an der Brieftasche, um verschiedene «Modelle», wie sie von den Verkäufern genannt werden, herumstreichen, leicht gekrümmt, wie in Erwartung eines Schwingers. Und während die Verkäufer ihnen die Hucke volllügen, nicken sie begeistert, obwohl sie denken: «Nein, nein!», und sie zahlen in bar.

Aber mir ist das alles gleichgültig. Sollen sie mich betrügen, sollen sie mich übers Ohr hauen, es ist mir egal, ich will einen Jaguar Double Six für dreißigtausend, und es interessiert mich wirklich nicht, ob er nächste Woche noch fährt.

Trotzdem pirsche ich wie alle anderen um die ausgestellten Wagen herum, als mir ein Paar auffällt, das, wie ich, offenbar nach Teurem Ausschau hält. Weil sie in männlicher Begleitung ist, erkenne ich Madame Farouche nicht sofort als Madame Farouche. Es wird wohl ihr Ehemann sein, denke ich, als ich sie beobachte, wie sie vor einem grünen Lexus stehen und abwägend gestikulieren. Körperhaltung, Haarfarbe und Frisur, das Gesicht, soweit ich es aus der Entfernung erkennen kann, lassen keinen Zweifel zu, es ist Madame Farouche, die dort steht, und doch brauche ich ein, zwei Minuten, bis ich es wirklich begriffen habe. Sie benimmt sich, als habe sie mich nicht gesehen – vielleicht hat sie mich ja tatsächlich nicht gesehen.

Mir bricht der Schweiß aus, als wäre ich gerade bei irgendwas erwischt worden. Ich will es nicht darauf ankommen lassen, dass sie mich entdeckt, und beschließe, das «Motorama» sofort zu verlassen.

Ist es Zufall, frage ich mich, dass wir uns hier begegnen?

Natürlich nicht. Im «Motorama» erhalten Angestellte meiner Ex-Bank Prozente, und ich bin in der Hoffnung gekommen, als Ex-Angestellter noch etwas drehen zu können.

Trotzdem ist es natürlich ekelhaft, dass sie da ist. Als ich mich umdrehe, streift ihr Blick den meinen. Sie hat aufgesehen, einfach nur so, ohne Richtung, und mich sofort erkannt. Und sie hat gesehen, dass ich sie gesehen habe, und schon gibt es keinen Ausweg. Ich muss sie begrüßen, will ich nicht als kompletter Verlierer dastehen.

«Madame Farouche! Das ist ja ein netter Zufall!», schreie ich über die Autodächer hinweg. Auf ihrem Gesicht erscheint ein tödlich gequältes Lächeln, das meine Laune sofort hebt. Offensichtlich ist ihr die Begegnung so widerwärtig wie mir, aber ich habe den Vorteil des ersten Zuges.

«Das ist sicher Ihr Mann. Sie habe ich ja bedauerlicherweise nie kennengelernt», poltere ich los, als ich bei ihnen angelangt bin. Monsieur Farouche erwidert meinen Händedruck schlaff und sieht seine Frau fragend an.

«Was tun Sie denn hier?», fragt Madame Farouche geradezu bezaubernd blöde vor Überraschung.

«Na, was alle hier tun. Ich kaufe mir ein Auto!»

«Geht es Ihnen gut?»

«Was für eine Frage! Es geht mir blendend!»

«Das ist ja schön», sagt sie. Es kommt mir vor, als ringe sie um Fassung. Wir stehen einige Augenblicke voreinander, in denen klar wird, dass wir uns nichts, definitiv nichts, aber auch gar nichts zu sagen haben. Also plappern wir los.

«Herr Schwarz. Das ist Herr Schwarz, mein Chef. In der Bank, bis vor …»

«Ich habe mich verändert!»

«Ah.»

«Und jetzt?»

«Bin ich selbständig.»

«Interessant.»

«Das klingt ja toll.»

«Und was machen Sie da? Consulting?»

«Ja, so könnte man sagen.»

«Ja, da geht der Trend ja immer mehr hin.»

«Ja, ja.»

«Tjaa.»

«Sehr nett.»

«Sehr nett, sie wieder einmal gesehen zu haben.»

«Ja, ich habe Sie gesehen und habe mir gedacht, jetzt muss ich doch gleich –»

«Natürlich!»

«Ist doch selbstverständlich.»

Wir wünschen einander einen guten Einkauf, aber natürlich ist klar, dass wir alle nun ganz schnell nach Hause gehen. Wer will schon vom anderen dabei beobachtet werden, wie er ein Auto kauft? Das Ausgeben von so viel Geld ist eine intime, peinliche Angelegenheit. Wirklich? Nicht für mich. Für mich nicht mehr. Jetzt würde ich gerne vor den Augen Madame Farouches dreißig braune Lappen auf ein Autodach knallen und einen Verkäufer anbrüllen: «Den nehm ich! Vorfahren! Aber flott!» Madame Farouche und ihr Gatte haben sich nach unserer Begegnung jedoch so schnell aus dem «Motorama» verabschiedet, dass sich keine Gelegenheit zu so einem Auftritt bietet. Ich fühle mich plötzlich erschöpft, verwirrt, und ich fahre so nach Hause, wie ich gekommen bin – mit der U-Bahn.

29.

Bellmann hat angerufen und mich zum Abendessen im «Lehmann's» eingeladen. Die Begründung, die er dafür lieferte, war so verlogen wie erbärmlich. «Ich dachte mir, ich will unseren Kontakt nicht einfach so abreißen lassen. Schließlich waren wir zu lange Kollegen, um jetzt so zu tun, als sei nichts gewesen.» Kein Wort über Uwe und Anatol. Ich hätte ihm auf den Kopf zusagen wollen, dass er ein Arschloch ist, aber ich dachte an die dreißigtausend und tat es nicht.

Bellmann hat ein Tischchen für zwei Personen im hinteren Teil des Lokals reservieren lassen, «damit wir ungestört sind», wie er zur Begrüßung aufgeräumt erläutert. Weil ich seine Absichten kenne, kommt mir sein einfältig freundliches Lächeln schleimiger vor, als es womöglich ist. Ich bin im «Lehmann's» nicht mehr gewesen, seit ich aus der Bank geflogen bin, und ich habe mit dieser Tatsache zu kämpfen. Auf meiner Stirn steht GEFEUERT, und jeder, der mich auch nur einen Augenblick lang genau ansieht, kann es lesen.

Wir bestellen auf Empfehlung des Chefs Buffalo Wings und Highballs. Während wir darauf warten, redet Bellmann unablässig. Er fügt mir mit seinem Geschwätz körperliche Schmerzen zu, was ihn gar nicht zu bekümmern scheint. Wahrscheinlicher noch bekommt er es gar nicht mit. Er erzählt mir von seiner Frau, die jetzt endlich schwanger sei, nachdem sie mehrere Ärzte aufgesucht haben, um herauszufinden, warum es mit der Fortpflanzung nicht klappe. Nun aber sei es endlich, endlich so weit. Ich glaube, er erwartet eine Art Gratulation von mir, aber ich sage nichts. Seine Schwiegereltern hätten sich, als ihnen die gute Nachricht überbracht worden sei, spontan dazu entschlossen, ihrer Tochter das Erbe vorzeitig auszuzahlen. Zusammen mit den Ersparnissen aus den vergangenen paar Jahren, in denen sie beide berufstätig waren, würde das ausreichen, um sich eine Doppelhaushälfte in einem Vorort mit S-Bahn-Anbindung kaufen zu können. Es gebe da «brillante Konzepte» – das ist tatsächlich der Ausdruck, den er verwendet. Wenn man rechtzeitig vor dem Bau eines solchen Objektes eine DHH – er benutzt die Abkürzung für Doppelhaushälfte, um zu betonen, dass er sich auskennt –, wenn man also rechtzeitig vor dem Bau eines solchen Objektes eine DHH kaufe, könne man sogar Einfluss auf die Aufteilung der Zimmer und die Beschaffenheit des Fußbodens nehmen, «absolut individuell», ruft er begeistert. Er erzählt mir das alles, wie ich annehme, um mir zu verdeutlichen, dass er das nächsthöhere gesellschaftliche Level erreicht hat, im Gegensatz zu mir, dem Gefeuerten. Scheinbar sitzt der Stachel, dass ich ihm in der Bank stets vorgezogen worden bin, immer das bessere Ende für mich gehabt habe, tiefer, als er es sich hat anmerken lassen. Er beendet seine DHH-Geschichte auf eine Weise, die das bestätigt. Abrupt legt er nämlich seine Stirn in sorgenvolle Falten und fragt: «Und wie geht es *dir*?»

«Ich habe mir gestern einen Jaguar Double Six gekauft», lüge ich.

«Ach, tatsächlich. Madame Farouche hat erzählt, sie habe dich im Motorama gesehen. Du hättest keinen glücklichen Eindruck gemacht.»

Diese Erzschlampe. Diese Schlange.

«Ja, ich war wirklich unglücklich, sie zu treffen.»

Wir lachen ein wenig gezwungen.

«Und, äh, wie geht's deiner Frau? Gehts ihr gut?», wechselt Bellmann das Thema, will sagen, er tappt von einem Fettnäpfchen in das nächste.

«Marianne hat sich von mir getrennt. Sie ist ausgezogen. Wir telefonieren manchmal. Selten. Sehr selten.»

«Das … tut mir leid.»

«Ach was, du solltest dir das nicht zu nahe gehen lassen», höhne ich.

«Ist es – ist es sehr schlimm für dich?»

«Du wirst lachen», sage ich, jetzt ganz ernst, «es ist überhaupt nicht – *schlimm.* Alles in allem ist es sogar erstaunlich, wie wenig Umstände das macht, so eine Trennung. Vorausgesetzt, man geht sich aus dem Weg.»

Der Ober bringt unsere Drinks. Bellmann senkt die Stirn und zieht sein Glas zu sich. Jetzt, sehe ich, will er zum Punkt kommen.

«Du selbst hast mir ja damals die Furnituro GmbH zur Bearbeitung gegeben, also wird es dich nicht wundern, dass ich mich immer noch damit beschäftige», fängt er an.

Ich wundere mich, wie uncool ich auf diese Einleitung reagiere. Ich würde am liebsten mit allem herausplatzen und sagen: «Uwe und Anatol haben mit der ganzen Sache nichts zu tun», wonach sich Bellmann natürlich vollkommen zu Recht totlachen würde. Um mich zu beruhigen, nehme ich einen tiefen Schluck von meinem Highball, dessen Gift mir ohne Umwege ins Gehirn schießt.

«Du weißt, wir hatten den Verdacht, dass die neuen Besitzer dieses Unternehmens die Strohmänner der alten sind.»

Falsch, die alten waren die Strohmänner der neuen, denke ich. Doch Bellmann soll natürlich bei seinem Irrtum bleiben. Ich sage:

«Ja, für diese Theorie haben wir uns damals entschieden, ohne allerdings Indizien oder gar Beweise dafür zu haben. Hast du was Neues?»

«Du wirst verstehen, dass ich darüber nicht offen reden kann.»

Ich sehe nach dem Ober und antworte:

«Gut, das war's dann.»

«Moment, Moment. Ich *will* dich in die Sache einbeziehen. Ich will, dass du mir hilfst. Du wohnst doch in dem Haus, in dem die Furnituro ihre beiden Läden hat.»

«Und?»

«Ich dachte – vielleicht kannst du Kontakt aufnehmen zu den Betreibern. Vielleicht kannst du etwas herausfinden.»

«Sicher. Aber was habe ich davon?»

Ich kann nicht glauben, dass der Hase nun *so* läuft. Der bietet mir glatt noch Geld an.

«Ich kann dir versprechen, dass ich mich bei Rumenich für dich starkmachen werde.»

«Soll das ein Witz sein? Ich will doch nicht in euren Scheißladen zurück. Ich arbeite jetzt frei, verstehst du? Du kannst Rumenich fragen, wie viel *Geld* sie auf den Tisch legt. Dann reden wir weiter.»

«*Hab* ich sie gefragt.»

«*Bell*mann, du bist ja richtig flink im Kopf!»

«Sie sagt, sie würden deine Abfindung um dreißigtausend erhöhen, wenn du mitmachst.»

«Und was muss ich dafür tun?»

«Lern die Typen kennen, die das ‹Stilmöbelparadies› und das ‹Ladys Only› betreiben. Finde heraus, was sie mit der Furnituro GmbH zu tun haben. Schreib einen vertraulichen Bericht darüber und gib ihn mir. Und schon kommt der Scheck.»

«Ist das nicht eine Menge Arbeit für dreißigtausend? Und was, wenn die Typen wirklich nichts mit Furnituro am Hut haben?»

«Du bekommst das Geld, wenn dein Bericht überzeugend ist, so oder so.»

Bellmann hat recht. Es gibt nicht den geringsten Grund, das Angebot abzulehnen. Nach einigem weiteren Hin und Her stimme ich zu. Danach bin ich irgendwie friedlich gestimmt. Erst als wir das «Lehmann's» verlassen, er mich zur U-Bahn begleitet und wieder davon anfängt, jetzt eine DHH kaufen zu wollen, überfällt mich der jähe Wunsch, ihn zu verprügeln. Beim Abschied drücke ich seine Hand so fest, dass er, etwas überrascht, das Gesicht verzieht. Aber er sagt nichts. Bellmann hat noch nie etwas gesagt, wenn ich ihm wehgetan habe. Als ich die Rolltreppe hinunterfahre, sehe ich ihn vor mir die stählernen Stufen hinunterstürzen, die ihm die Zähne ausbrechen und üble Platzwunden zufügen. Wenn sich die Gelegenheit böte, denke ich, würde Uwe einen Typen wie Bellmann zu Brei schlagen, und diese Art, etwas für das innere Gleichgewicht zu tun, scheint mir im Augenblick nicht die schlechteste. Es ist nur eben leider nicht meine Art.

30.

Untätige Tage, die ich allein und abgestumpft in meiner Wohnung verbringe. Ich ernähre mich ausschließlich von «Call a Pizza». Ich wechsle zwischen Calzone und Hawaii und trinke Cola dazu. Unmengen von Cola, um wach zu werden, helle, aber es gelingt nicht. Eine unaussprechliche Trauer macht mich stumpfsinnig. Unaussprechlich ist sie, weil ich nicht weiß, warum ich trauere. Um meine Ehe? Um meinen Job? Um mein Seelenheil? Wunderschönes Wort, «Seelenheil». Doch was ist das? Habe ich so etwas? Ich sitze am Wohnzimmertisch und lege Patiencen mit den Kronkorken der Colaflaschen. Ich könnte in den Supermarkt gehen und Essen einkaufen, wunderbar kochen, ein Festmahl für mich allein, und mich mit einer Flasche Cabernet Sauvignon betrinken. Unser Supermarkt ist eine Sensation, dort gibt es nicht nur alles, dort gibt es mehr als alles. Mehr als man kennt und weiß. Aber er ist zehn Minuten weg von hier, zu Fuß. Ein zehnminütiger Fußmarsch käme in meiner Verfassung einem Todesurteil gleich.

Der Anblick der Gegenstände in meiner Wohnung betäubt mich. Es liegt nicht daran, dass sie mich an Marianne erinnern, es liegt daran, dass sich hier nichts verändert, was wiederum daran liegt, dass ich eine Putzfrau habe, die einmal wöchentlich kommt. Wie soll ich einen einigermaßen realen Eindruck meines Niedergangs, meiner Verwahrlosung bekommen – denn um nichts anderes handelt es sich doch wohl –, wenn sich meine Umgebung kein bisschen verändert?

Die Erlösung kommt, wie so oft in meinem Leben, vom Telefon.

«Hier Uwe. Jetzt wird's ernst.»

«Was? Was wird ernst?»

«Bellmann ist hier. Mit einem Gerichtsvollzieher. Er hat einen Durchsuchungsbefehl. Ich würde sagen, es ist Zeit für dich, runterzukommen.»

«Wohin?»

«Na, ins Fitness-Studio! Die fackeln hier nicht mehr lange. Komm schnell!»

Er hängt ein. Ich bin überhaupt nicht auf Touren, trotzdem springe ich, so schnell ich kann, in einen Anzug und renne hinunter ins «Ladys Only».

Bellmann steht mit Schmidt da, dem Gerichtsvollzieher Schmidt, ausgerechnet, der gerade eine Sonnenbank beschnüffelt, die er vermutlich beschlagnahmen will. Uwe und Anatol stehen unbeweglich, aber sichtlich aufgebracht an der Rezeption. Uwe klopft mit den Fingern auf die Tischplatte.

Bellmann sieht mich kommen und ruft ärgerlich: «Hallo, Thomas. Du, das ist jetzt aber gerade ganz ungünstig.»

Uwe drischt seine Pranke auf die Theke und brüllt Bellmann an: «Das ist unser Berater!» Dann reden Bellmann, Uwe und ich gleichzeitig.

«Moment mal. Das ist mein Ex-Kollege aus der Bank.»

«Ich weiß sehr gut, für wen ich arbeite. Bellmann, ich muss mit dir reden.»

«Was soll das denn?»

«Du hattest doch einen Auftrag!»

«Was? Du hattest einen Auftrag!»

«Ich hatte keinen Auftrag.»

«Das ist doch gelogen!»

Und so weiter. Schließlich packe ich Bellmann am Ärmel und ziehe ihn in die Ecke des Studios, wo sich die Sauna befindet. Ich fahre ihn flüsternd an:

«Bellmann! Stell dich nicht dümmer, als du bist! Ich bin natürlich nicht zufällig hier. Es ist mir gelungen, das Vertrauen der beiden zu gewinnen. Ich habe ihnen gegenüber den verbitterten arbeitslosen Banker gegeben, der sich rächen möchte. Die erzählen mir alles, verstehst du? Und dann kommst du mit diesem versoffenen Schmidt daher und machst alles kaputt. Bist du verrückt?»

Bellmann greift sich mit beiden Händen an den Kopf. Ich interpretiere das als Versuch, nachzudenken, und lasse ihm ein paar Sekunden, bevor ich fortfahre.

«Wenn du jetzt hier deinen Schwanz raushängen lässt und alle möglichen Sachen pfändest, die du spätestens in zwei Wochen wieder zurückgeben musst, weil sie der Furnituro nicht gehören, wirst du niemals erfahren, wie die Zusammenhänge sind. Gib mir ein paar Wochen Zeit, und ich finde heraus, was du wissen willst.»

«Du meinst, die werden dir sagen, ob sie mit der Furnituro was zu tun haben? Warum sollten sie?»

«Weil ich ihnen erklären werde, dass ich für sie nur arbeiten kann, wenn ich die Zusammenhänge kenne. Ich werde ihnen versprechen, ihnen die Bank vom Hals zu halten.»

«Du bist genial, Schwarz. Aber wer garantiert mir, dass du nicht lügst, dass du nicht wirklich der verbitterte, arbeitslose Banker bist, der sich rächen möchte?»

«Bellmann! Aus dir wird nie ein guter Vollstrecker! Denk doch mal nach! Du hast doch gar keine Wahl. Wenn du mir nicht glaubst, dann trag die ganze Einrichtung hier raus und bring sie in zwei Wochen wieder zurück. Die beiden Typen werden dich auslachen. Und Rumenich erst. Sie wird dich verhöhnen, sie wird dich rausschmeißen! Aber wenn du mich meine Sache machen lässt, hast du wenigstens die Chance, die Dinge zu erfahren, die dich wirklich weiterbringen. Vergiss nicht, ich kriege dreißigtausend. Das ist eine Menge Geld für mich. Da lass ich dich doch nicht hängen!»

Bellmann hält seinen Kopf immer noch in beiden Händen, dann lässt er sie langsam sinken.

«Also gut. Ich verlass mich auf dich, Schwarz. Ich habe kein gutes Gefühl dabei, aber mir fällt im Augenblick nichts Besseres ein.»

Wir gehen zu Uwe und Anatol. Ich stelle mich neben sie und töne:

«Wir verstehen uns. Die ganze Angelegenheit beruht auf einem bedauerlichen Versehen. Herr Bellmann ist einer Fehlinformation aufgesessen. Er wird hier alles stehenlassen, wie es ist, und zusammen mit Herrn Schmidt wieder zurück an seine Arbeit gehen.»

Genau das geschieht. Bellmann und Schmidt verabschieden sich, kaum hörbar, und verschwinden. Uwe und Anatol bleiben regungslos stehen und sehen den beiden verblüfft hinterher. Als die Tür ins Schloss fällt, brechen sie in Gelächter aus. Dröhnendes Gelächter. Sie hauen mir auf die Schulter und fragen mich, wie ich das gemacht habe. Ich grinse und sage nur:

«Ganz einfach: Ich hab dem Typen klargemacht, dass er nichts gegen euch in der Hand hat.»

«Du scheinst dein Geld wert zu sein, Kumpel», sagt Uwe, plötzlich etwas nachdenklich. Ich antworte:

«Mach dir keine Gedanken. Die sind erst mal weg. Aber natürlich nicht für immer. In ein paar Wochen kommen die wieder. Bis dahin müssen wir uns eine passable Geschichte einfallen lassen, warum ihr *nichts* mit der Furnituro GmbH zu tun haben *könnt*. Ich bin sicher, mir würde da was einfallen – gegen entsprechende Bezahlung.»

31.

«War für mich von Anfang an keine Frage, dass du das gut machen wirst», sagt Uwe, nimmt eine Prise Koks auf die Spitze seines kleinen Fingers und reibt sich das Zahnfleisch damit ein, als putze er sich die Zähne. Anschließend spült er mit einem Gläschen Prosecco nach, er ist sehr zufrieden mit sich und mit mir. Ich bin auch sehr zufrieden. Immerhin kassiere ich jetzt doppelt, ohne wirklich einen Betrug zu begehen. Dass ich Bellmann die Unwahrheit sagen werde, wird nie jemand herausfinden. Er selbst ist ohnehin der Einzige, der sich für die Furnituro GmbH interessiert. Er kapiert nicht, dass er die Sache ohne weiteres auf sich beruhen lassen könnte, um sich anderen, karriereträchtigeren Dingen zuzuwenden. Aber er glaubt, Rumenich Uwes und Anatols Köpfe auf dem Silbertablett präsentieren zu müssen, um sagen zu können: «Dieses kleine Problem, das uns Schwarz unerledigt hinterlassen hat, habe ich übrigens auch gelöst.» In erster Linie geht es Bellmann darum, zwischen sich und Rumenich eine Gemeinsamkeit gegen mich herzustellen, und dafür würde sich die Furnituro-Angelegenheit eigentlich ganz gut eignen – wenn ich es nicht in die Hand genommen hätte, Bellmann ein wenig zu schaden.

Ich brauche keine Rache. Ich mache das nur wegen des Geldes. Anatol nimmt die Flasche aus dem Eiskübel und schenkt unsere Gläser wieder voll. Uwe hat uns in eine Tapas-Bar eingeladen, er kennt den Inhaber, es ist ein Deutscher, der angeblich mit Grundstücksspekulationen in Andalusien Erfolg gehabt hat. Der Mann ist eine ziemlich ekelhafte Erscheinung mit hochgekrempelten Jackettärmeln, «gepflegtem» Dreitagebart, Goldkettchen und so weiter. Er kommt an unseren Tisch, um Uwe zu begrüßen. Uwe verlangt, dass er sich neben ihn setze und nimmt ihn in den Arm. «Der Mann da» – er deutet auf mich – «ist eine Eins-a-Empfehlung, wenn du mal Ärger mit deiner Bank hast.»

«Hab ich immer.»

«Ganz große Klasse.»

Uwe zieht eine Schau ab, als hätte ich sonst was für ihn getan. Aber wahrscheinlich ist es ihm so ernst damit, wie er tut. Ich glaube nicht, dass ich objektiv so wichtig für ihn bin, wie er vielleicht annimmt. Doch das ist nicht entscheidend. Es ist meine Seriosität, die er mir abkaufen will. Sie lachen? Ich *bin* doch seriös! Meine Gegenwart beruhigt Uwe. Verbrecher, auch kleinere, wie er einer ist, brauchen ein gutes Gedächtnis. Sie müssen immer all ihre Lügen und Ausreden parat haben, in acht Richtungen gleichzeitig denken. Das ermüdet, und da ist es angenehm, jemanden bei sich zu haben, bei dem *alles in Ordnung* ist. Und bei mir *ist* alles in Ordnung.

Sabine betritt das Lokal, und ich bekomme im selben Moment, als ich sie sehe, einen Schweißausbruch. Meine Hoffnung, sie wäre vielleicht zufällig hier, nicht unseretwegen, wird sofort zerstört. Mit einem geradezu strahlenden Lächeln, das ich bei ihr zum ersten Mal sehe, segelt sie auf unseren Tisch zu – auf mich! Sie fällt mir um den Hals, küsst mich auf die Lippen und setzt sich neben mich. Ich begreife gar nichts und sehe Uwe fragend an, der gibt mir mit ein paar knappen Gesten zu verstehen, ich solle die Klappe halten, es sei alles *in Ordnung.*

Kein Wort also über unseren Einkaufsbummel, kein Wort über unsere Streiterei in der U-Bahn. Uwe hat – ich kann mir schon denken, wie – das Programm Sabine neu gestartet. Ich hab doch gewusst, dass sie eine verdammte Nutte ist.

Uwe und Anatol wollen mich belohnen, sie reißen Witze über meine Potenz und fragen Sabine, ob sie das nicht überprüfen will. Es ist absolut ekelhaft, aber ich lache. Ich finde es ekelhaft *und* lustig. Uwes Koks führt auch nicht gerade dazu, dass sich meine Stimmung *verschlechtert.* Ich betrinke mich und fange an, an Sabine herumzufingern, die es sich gefallen lässt.

Sie trägt ein rotes, enganliegendes Kleid aus Brokatseide, wie mir jetzt auffällt, durch das ich die Konturen ihres BHs gut ertasten kann. Ich habe den Arm um sie gelegt, fummle mit den Fingern halbwegs diskret an ihr rum und versuche, mich weiter mit Uwe und Anatol zu unterhalten. Wir reden immer die gleiche Scheiße, wie toll das von mir war und wie wichtig ich für sie bin und wie gut das jetzt alles klappen wird und so weiter. Sabine fasst mir derweil unter dem Tisch in den Schritt. Sie tut es mit der Geschäftsmäßigkeit einer praktischen Ärztin, aber das stört mich nicht.

Uwe sagt: «Nach dem erfolgreichen Verlauf dieser Geschichte will ich dich auch in andere Aktionen einbinden – wenn du das willst.»

Ich bin etwas abgelenkt.

«Andere Aktionen?»

«Andere Aktionen.»

«Was denn?»

«Das besprechen wir nicht hier. Nicht jetzt. Ich will, dass du mal ein paar Kunden von mir kennenlernst.»

«Das klingt gut. Auf unsere Zusammenarbeit.»

Wir stoßen zum fünfhundertsten Mal an diesem Abend auf unsere phantastische Zusammenarbeit an. Anatol schenkt die Gläser wieder voll. Uwe nimmt eine Prise. Sabine knetet mir diskret die Eier. Sie tut es nicht fordernd oder irgendwie unkontrolliert und damit schmerzhaft, sondern einfach, wie um mich an etwas zu erinnern.

Sie fragt mich, ob ich sie bei mir zu Hause «auf einen Kaffee» einlade. Ich muss lachen und nicke und frage mich: Sagt man das so? «Auf einen Kaffee»? Warum sagt man nicht: «auf einen Fick»? Wäre das weniger romantisch? Ich bin den Umgang mit Prostituierten nicht gewohnt. Natürlich war ich schon mal im Puff, aber das ist was anderes, da herrscht eine Atmosphäre der Verschwiegenheit – zumindest auf den Gängen. Ich bin noch nie in einem Lokal neben einer Nutte gesessen, schon gar nicht neben einer, die mir die Eier geknetet hat. Gut, Sabine ist keine gewöhnliche Nutte vom Straßenstrich – eher eine Dame vom Begleitservice oder so was. Oder vielleicht auch wirklich nur eine mit Uwe befreundete Hobbyhure, die sich ab und zu ein bisschen was dazuverdient.

Wie auch immer, wir gehen. Uwe und Anatol verabschieden sich mächtig augenzwinkernd und schulterklopfend, Sabine und ich nehmen ein Taxi zu mir.

Auf der Rückbank im Taxi fangen wir an, wild herumzuknutschen. Sie schmeckt gut, sie riecht gut, warum werde ich nicht wirklich scharf auf sie? Die Wahrheit ist: Ich kann nichts anderes denken als: Wie viel hat sie dafür bekommen? Wie viel hat ihr Uwe bezahlt? Wie ist das abgelaufen? «Einmal ficken fünfhundert?» Oder eher so wie beim Autokauf, wenn man die Einzelheiten der Sonderausstattung bespricht? Ich schiebe meine Hand zwischen ihre Beine, sie spreizt sie bereitwillig, als wolle sie sagen: «Bitte, bedien dich», das scheint also im Preis inbegriffen. Dem Taxifahrer, der uns schon die ganze Zeit durch den Rückspiegel beobachtet, wird es zu viel, er meckert: «Haben Sie kein Bett zu Hause?» Ich ziehe die Hand zurück und sage in ärgerlichem Ton: «Sie sollen doch nach vorne schauen.» Er will sich scheint's nicht mit mir anlegen und hält die Schnauze. Gut so. Ich gebe ihm beim Aussteigen sogar Trinkgeld. Sabine zieht sich anstandshalber das Kleid herunter, und wir gehen Arm in Arm zur Haustür, wie ein echtes Liebespaar.

32.

Auf diese Art wird das nichts! Ich kriege keinen hoch, verdammt! Was war das überhaupt für eine Scheißidee, zu mir zu fahren! Hier in der Wohnung ist ja alles voller Marianne! Daran habe ich interessanterweise noch nicht mal gedacht, als mich Sabine gefragt hat, ob wir zu mir fahren. War da nichts Besseres drin? War ein Hotelzimmer nicht im Preis inbegriffen? Ich stehe bei indirekter Dämmerbeleuchtung, eigentlich sehr stimmungsvoll, mit einem Halbsteifen, an dem sich Sabine vor mir kniend abmüht, in meinem ehelichen Schlafzimmer und blinzle mit verkniffenem Gesicht zur Decke. So wird das nix.

Sabine scheint das zu begreifen – oder auch nicht. Jedenfalls lässt sie meinen Schwanz los, steht auf und beginnt sich auszuziehen. Sie vollführt so ein läppisches Strapstänzchen, wie sie in den Sexy-Fernsehmagazinen, die nachts um elf laufen, gezeigt werden. Das soll verführerisch sein. Ich brauche Hilfe. Ich setze mich auf den Bettrand.

«Bitte, Sabine, lass das. Hör bitte auf damit.»

Sie macht weiter, ein bisschen weniger engagiert allerdings.

«Was ist denn? Gefällt es dir nicht?»

«Ob es mir nicht gefällt? Würde ich dich bitten aufzuhören, wenn es mir gefallen würde?», schreie ich.

Sie zieht sich beleidigt ihr Kleid wieder an und setzt sich, in einem Meter Abstand, ebenfalls auf den Bettrand. Ich suche nach meinen Zigaretten, biete Sabine eine an, und wir rauchen. Ich bin eine fleischgewordene Groteske, so wie ich hier im Dämmerlicht rauche und schweige, nackt, mit meinen einsamen Eiern auf der harten Kante meines Ehebetts, neben einer fremden Frau, von der ich eigentlich gar nichts will.

«Wie viel hat dir Uwe bezahlt?», frage ich grob.

«Wofür?»

«Na: hierfür!»

«Das ist eine absolut unzulässige Frage, Schätzchen.»

Ich sehe sie verblüfft an. So einen Satz habe ich von ihr noch nie gehört, so bestimmt. Hat sie am Ende doch mehr Klasse, als ich vermute?

«Wieso *unzulässig?* Was heißt unzulässig?»

«Hör mal», ihr Ton fällt jetzt ins Mütterliche, «ich glaube, wir könnten wirklich ein bisschen Spaß miteinander haben, wenn du dich ein wenig entspannen würdest. Ich dachte: Der ist aber lässig! Legt sich mit einer anderen Frau in sein Ehebett. Aber so lässig bist du ja anscheinend doch nicht. Mir macht das überhaupt nichts aus, wir können gerne in ein Hotel gehen – wenn du dir vorher was anziehst.»

Was fällt dieser kleinen Schlampe überhaupt ein? Sie macht sich über mich lustig! Ich sage:

«Los! Zieh dich aus!»

Sie sieht mich einen Augenblick prüfend an, dann beginnt sie sich auszuziehen. Ich springe in die Garderobe und hole das Kuvert mit den Tausendern aus der Innentasche meines Jacketts. Irgendwie müssen jetzt Sex und Geld miteinander verbunden werden, schwebt mir undeutlich vor. So schwer kann das doch nicht sein, das kommt doch in jedem zweiten Fernsehsexfilm vor – dass es die Leute *im* Geld treiben, meine ich.

«Lass uns irgendwas mit dem Geld machen», sage ich.

«Willst du wieder shoppen gehen? Um die Uhrzeit?»

«Nein – irgendwas … Scharfes!»

Sie lacht. Sie lacht herzlich.

«Tut mir leid, aber um irgendetwas ‹Scharfes› anzustellen, sind die paar Tausender zu wenig.»

«Findest du? Ich finde das nicht. Ich meine, du musst Folgendes sehen: Ich bin ein gekündigter Bankangestellter ohne festes Einkommen. Du bist – lass mich raten – medizinisch-technische Angestellte und Hobbyhure. Da sind doch ‹ein paar Tausender›, wie du sagst – es sind immerhin fünfundzwanzig –, eine ganze Menge.»

«Ich meine nicht, was das Geld wert ist. Oder doch. Doch, ich meine, was es wert ist. Fünfundzwanzigtausend, das sind ein paar nette Monate Urlaub, eine abgefahrene Reise, ein paar tolle Möbel, Klamotten, was weiß ich … aber es ist natürlich nicht *richtig* Geld.»

«Natürlich. Ist es nicht. Aber es reicht aus, um zu *spielen,* es wäre richtig Geld.»

«Entschuldigung, aber solche Spiele langweilen mich.»

«Hm, ich muss zugeben: mich auch.»

Wieder sitze ich ratlos da und begreife nicht, warum wir uns nicht amüsieren. Ich meine, was ist da los? Zwei halbwegs junge, halbwegs attraktive Menschen in einem Schlafzimmer, das Finanzielle ist geregelt … Ich frage sie:

«Was ist denn dann deiner Meinung nach richtig Geld?»

«Ich weiß nicht. Eine, zwei, drei Millionen? Weniger?

Mehr? Kann ich nicht wirklich sagen. Viel wichtiger als die Summe ist, ob es dich *reich* macht.»

«Reich?»

«Frei.»

«Ach du Scheiße. Frei.»

«Ja, frei.»

«Und mit fünfundzwanzigtausend? Kann man da auch schon frei sein?»

«Ja, aber nur ganz kurz. So kurz, dass es nicht zählt.»

Ich warte eine Weile. Dann sage ich:

«Los! Zieh dich an!»

Ich ziehe mich auch an.

«Was hast du vor?»

Ich hole das Telefon und rufe ein Taxi. Dann rufe ich im «Holiday Inn» an und reserviere ein Doppelzimmer mit Bad.

Die Fahrt dauert fünfzehn Minuten. Wir sprechen nichts. Ich bezahle den Taxifahrer, Sabine wartet, bis ich aussteige und ihr die Tür öffne. Wir gehen durch die automatische Glasschiebetür ins Foyer. Obwohl es halb drei Uhr nachts ist, ist die Rezeption voll besetzt. Ich nehme die Schlüssel entgegen und frage, ob ich sofort bezahlen kann. Sie sagen, das gehe, also zahle ich.

«Ich will jederzeit wieder abhauen können», sage ich zu Sabine, als wir zum Lift gehen.

«Kannst du doch auch, wenn du hinterher bezahlst», antwortet sie.

«Aber so kann ich einfach rauslaufen – oder aus dem Fenster springen, und es ist bereits alles geregelt.»

«Zwanghaft bist du nicht, Thomas, oder?»

Wir finden das Zimmer, das wir reserviert haben, und gehen hinein. Zu Sabine sage ich:

«Los! Zieh dich aus!»

Wir lachen. Sie kommt her, und wir küssen uns. Ich betaste ihren Körper wie einen neu erworbenen Gegenstand, dessen Verwendung noch nicht ganz klar ist, dessen Tauglichkeit erst noch erprobt werden muss. Sachlich und geschickt zieht sie meine Hosen herunter und beginnt meinen Schwanz zu kneten. Diesmal klappt es. Wir legen uns aufs Bett und streicheln uns gegenseitig, was eine Steigerung des Lustempfindens zur Folge hat, bis wir unbedingt ficken wollen und es deshalb auch tun. Es dauert ungefähr zehn Minuten. Ich finde es schrecklich anstrengend. Andererseits ist es angenehm, dass Sabine die Angelegenheit absolut professionell abwickelt.

Nachdem wir fertig sind, liegen unsere Körper nackt nebeneinander auf dem Hotelbett. Ich bin überhaupt nicht müde oder erschöpft. Ich bin ruhig, denn ich weiß, ich habe jetzt einige sehr interessante Stunden vor mir. Ich sage zu Sabine:

«Ich will dich so oft hintereinander ficken, bis ich nicht mehr kann. Dafür hat dich Uwe doch eingekauft.»

Sabine lächelt und sagt:

«Wenn du noch einen Tausender drauflegst, zeige ich dir ein paar Sachen, die du noch *nicht* kennst.»

Ich warte einen Augenblick, dann stehe ich auf und gehe zu meinem Jackett. Ich hole einen Tausender heraus und halte ihn ihr hin.

«Ich hoffe, das Geschäft lohnt sich.»

«Das wirst du schon sehen.»

33.

Nun, es hat sich natürlich *nicht* gelohnt. Oder doch. Oder doch nicht. Ich spiele gelangweilt mit den möglichen Antworten auf diese Frage, während ich allein zu Hause in meinem Bett sitze und an einem Cocktail aus Vitamin- und Magnesiumtabletten, versetzt mit zwei Aspirin plus C, nippe.

Natürlich ist es sehr gut, dass in diesem Schlafzimmer hier, in diesem Bett, nicht wirklich etwas passiert ist mit Sabine. Hier stehen überall noch Mariannes Sachen herum, sie wohnt ja nach wie vor hier, aber es ist nun schon seit Wochen so, dass ich nicht mehr mit der Fortsetzung unserer Ehe unter den gewohnten Bedingungen rechne. Sie wohl auch nicht. Natürlich habe ich nach der letzten Nacht ein absolut schlechtes Gewissen. Aber warum eigentlich? *Sie* ist ja weggegangen. Und es gibt zwar die stillschweigende Sprachregelung, dass sich an unserem Status als Ehepaar vorerst nichts ändern soll, aber doch nur, um uns – wenigstens eine Weile – die Unannehmlichkeiten einer Trennung zu ersparen. Es ist klar, dass wir unseren Waffenstillstand nicht aufrechterhalten könnten, sobald es darum ginge, unsere letzten Gemeinsamkeiten zu zerstören, die Wohnung und die Konten aufzulösen. Selbstverständlich wäre unsere Ehe eine, die in einem entsetzlichen Krieg um Geschirr, Besteck, Möbel und ein paar tausend Mark endgültig vernichtet würde. Und vielleicht, vielleicht, ist da ja noch etwas. Ich sollte Marianne anrufen.

Aber nicht jetzt. Nicht nach dieser Nacht. Vielleicht in ein paar Tagen. Es hat mich jetzt lange Zeit überhaupt nicht mehr beschäftigt, dass sie weg ist, und jetzt komme ich auch nur darauf, weil ich sie betrogen habe. Und wie! Irgendwann demnächst rufe ich sie an.

Und Sabine? Ist vollkommen egal. Sie ist mir vollkommen gleichgültig, ehrlich. Genau das ist es, was ihre Gegenwart in meinem neuen Leben so angenehm macht. Ich kann sie mir bestellen wie eine Pizza. Das kostet ein bisschen Geld, aber gibt ihr kein Recht, Ansprüche zu stellen, ich könnte sie jederzeit wegschicken, und sie wäre nie gewesen. Das ist, genau genommen, ein sehr komfortabler Zustand, über den ich mir keinesfalls den Kopf zerbrechen sollte. Was sagt das «Heute ist ein schöner Tag»-Buch dazu?

«Gehe deinen Weg. Es ist alles bereitet. Dein Ziel ist ungewiss. Nimm mit Freuden alles an, was dir geschieht. Es ist Teil deines ganz persönlichen Lebens.» So ist es doch, nicht wahr? Alles Teil meines ganz persönlichen Lebens. Der Typ, der das geschrieben hat, muss wirklich eine unvorstellbare Stimmungskanone sein.

Später am Tag ziehe ich mich an und gehe hinunter zu meinen Freunden ins «Stilmöbelparadies». Ich betrete es durch die Ladentür, dingdong, und gehe nach hinten ins Büro. Nur Uwe ist da. Er wirkt unerwartet ernst. Eine schmale Halbbrille, viel zu zierlich für seinen fleischigen Kopf, sitzt auf seiner Nase, die er am Schreibtisch über einen Stapel Faxe hält. Er hebt den Kopf. Als er mich sieht, lächelt er milde.

«Na, schöne Nacht gehabt?»

Ich glaube, er erwartet, dass ich mich bedanke. Das finde ich peinlich, aber was bleibt mir übrig?

«Ja, war prima. Danke.»

Er merkt, dass ich mich ein bisschen schäme, und lacht mich ein wenig aus. Ich lache mit. Dann wird er wieder ernst. Sehr ernst. Nach einer kurzen Pause sagt er stirnrunzelnd:

«Hör zu. Ich habe einen prima Deal am Laufen. Ich habe einen gescheiterten Amtsarzt vom Nationalen Olympischen Komitee am Haken, der mir eine erstklassige Lieferung Anabolika verschaffen kann. Das Zeug kommt aus den Staaten. Die Proben, die ich bekommen habe, waren so gut, dass ich das Geschäft machen will.»

«Schön für dich. Wo ist das Problem? Und was kann ich dabei für dich tun?»

«Das Problem ist, dass wir keinen sicheren Ort für die Übergabe haben. Und das ist es auch, was du für uns tun kannst.»

«Was?»

«Einen sicheren Ort für uns organisieren.»

«Einen sicheren Ort. Da fällt mir auf Anhieb gar nichts ein. Es sei denn –»

«Es sei denn, deine Wohnung. Stimmt's?»

Es stimmt nicht, und ich bin nicht gerade begeistert von der Vorstellung, dass Anatol, Uwe, ein Arzt vom NOK und weiß der Henker was für Knochenbrecher in meinem Wohnzimmer einlaufen würden, um ihre Geschäfte abzuwickeln.

«Glaubst du, das ist eine gute Idee? Meine Wohnung?»

«Das ist sogar eine *sehr* gute Idee. Wir werden die Leutchen hier in die Straße bestellen, sie im Fitness-Studio empfangen und sie dann mit verbundenen Augen in deine Wohnung begleiten. Dein Wohnzimmer werden wir so präparieren, dass sie keinerlei Anhaltspunkte finden können, wo sie sich aufhalten. Dann bekommen wir unsere Ware, sie bekommen ihr Geld. Wir verbinden ihnen wieder die Augen und bringen sie auf die Straße. Das ist alles.»

«Ist das nicht – bei allem Respekt, Uwe – ein ziemlich bescheuerter Plan?»

«Scheißegal, ob der Plan bescheuert ist. Der Herr Doktor hat sich drauf eingelassen. Er ist neu im Geschäft und hat panische Angst, entdeckt zu werden. Also habe ich ihm diesen Vorschlag gemacht – und er ist einverstanden.»

«Tut mir leid, aber ich finde, dieser Plan ist ein Witz.»

«Kein Witz, Schwarz. Ich bekomme bei diesem Deal Ware im Wert von zwei Millionen zu einem Preis von schlappen dreihunderttausend. Da mache ich gerne ein bisschen völlig harmlosen Gangsterquatsch mit, wenn's die Kundschaft beruhigt.»

«Eine Scheißidee, Uwe.»

«Du hast dreißigtausend Mark von mir bekommen, Schwarz.»

«Aber nicht dafür.»

«Auch dafür.»

«Das reicht nicht.»

«Dabei soll's ja auch nicht bleiben. Du bekommst noch zehntausend dazu.»

«Tut mir leid, Uwe, aber das läuft nicht. Ich mach so was doch nicht für zehntausend.»

Von einer Sekunde auf die andere bekommt Uwe einen

knallroten Schädel, er springt über seinen Schreibtisch auf mich zu wie ein Wrestler und packt mich mit beiden Pranken an der Gurgel. Er drückt nicht nur ein bisschen zu, sondern richtig. Ich werde panisch und versuche, seine Finger umzubiegen, aber sein Griff ist der einer Rohrzange.

«Hör zu, Freundchen. Du bist ein kleines Arschloch, dem ich Geld gegeben habe, damit es für mich arbeitet. Nicht um mit ihm zu diskutieren. Ich habe die Übergabe mit dem Herrn Doktor so besprochen, und so wird sie auch gemacht. Glaubst du, ich rufe den jetzt nochmal an und sage, es läuft alles ganz anders? Du spinnst wohl!»

Er rüttelt meinen Hals wie ein junges Bäumchen, dann lässt er mich los. Ich röchle, huste, ringe nach Luft. Er geht wieder hinter seinen Schreibtisch und brüllt:

«Ich bin ja kein Unmensch. Du Arschloch kriegst dreißigtausend, und dann läuft die Sache. Verstanden?»

Aus irgendeinem Grund bekomme ich plötzlich Nasenbluten. Heftig. Ein richtiger Blutschwall schießt mir aus den Nasenlöchern. Uwe kreischt:

«Pass auf den Teppich auf, du Sau!»

Er kommt mit einem bunten Fetzen Stoff, den er irgendwo herhat, auf mich zugesprungen, ich gehe unwillkürlich in Deckung, er haut mir den zusammengeknäulten Fetzen auf die Nase und sagt:

«Da! Halt!»

So sieht er also aus, mein neuer Job. Täusche ich mich, oder habe ich die Sache definitiv *nicht* im Griff? Ich keuche:

«Dreißigtausend, sagst du? Dreißigtausend ist etwas anderes. Zehntausend Scheiße. Dreißigtausend okay.»

«Natürlich sind dreißigtausend okay, Mann, das weiß ich selbst. Und jetzt hau ab.»

Ich gehe in meine Wohnung hoch und lege mich wieder ins Bett. Nach einer Weile hört das Nasenbluten auf. Ich schaue mich im Spiegel an. Ich habe Würgemale am Hals, und meine Nase ist etwas geschwollen. Unter den Nasenlöchern klebt Schorf. Ich habe Kopfweh und lege mich aufs Wohnzimmersofa. Alles hier drin muss ausgeräumt werden, denke ich. Und ich tue mir leid.

34.

Ich bin – nach so langer Zeit! – endlich mal wieder mit Markus im «Caravaggio» verabredet. Ich war dort nicht mehr seit unserem letzten Treffen.

«Hey, Thomas, seit wann trägst du Schalkrawatten?», ruft er frech, als ich hereinkomme und mich an unseren Tisch – es ist der gleiche wie immer – setze.

«Seit ich Würgemale am Hals habe», antworte ich.

Markus ist in Bestlaune, er lacht so laut, dass sich andere Gäste nach uns umdrehen.

«Kein Witz, Markus», sage ich leise und ziehe meine Schalkrawatte ein bisschen runter. Er hört schlagartig zu lachen auf, ich ziehe sie wieder hoch.

«Das sind doch Knutschflecken, oder?»

«Markus. Das sind Würgemale. Ich bin» – jetzt muss ich selbst lachen – «buchstäblich erpresst worden.»

Markus lacht wieder laut. Nachdem unser gemeinsames Lachen verebbt ist, fragt er, jetzt ernsthaft:

«Also sag schon, was ist los.»

«Ich hab – eine ziemliche Scheiße am Hals.»

Wieder Gelächter, aber diesmal nur ein kleines.

«Im Ernst, ich stecke in Schwierigkeiten.»

«Warum hast du dich nie gemeldet?»

«Du hast ja nie Zeit.»

«Sitze ich jetzt hier, oder sitze ich jetzt nicht hier? Schieß los!»

«Du weißt, ich bin nicht mehr in der Bank.»

«Und jetzt hast du zwei neue Jobangebote und weißt nicht, für welches du dich entscheiden sollst?»

«Ganz und gar nicht. Ich bin nun, äh, wie man so schön sagt: in schlechte Gesellschaft geraten.»

«Na, viel schlechter als die, die du in der Bank hattest, kann sie ja wohl nicht sein, oder?»

«Dachte ich am Anfang auch. Am Anfang dachte ich, ich hätte alles in der Hand, aber seit gestern weiß ich, dass ich gar nichts in der Hand habe. Die haben mich in der Hand. Deshalb habe ich dich angerufen. Du musst mir helfen.»

«Ich helfe dir gerne, wenn ich kann. Wer sind ‹die›?»

«Kann ich dir nicht erzählen. Ich meine – beantworte mir einfach nur eine Frage: Sind dreihunderttausend Mark viel Geld?»

«Ich versteh gar nichts. Natürlich, dreihunderttausend sind eine Menge Geld. Was willst du hören?»

Es ist nicht möglich, Markus wirklich einzuweihen. Ich beschließe, dem Gespräch eine andere Richtung zu geben.

«Ach, das ist alles unausgegorenes Zeug. Ich hätte nicht davon anfangen sollen. Ich finde da schon eine Lösung. Weißt du, seit Marianne weg ist …»

«Ja, Marianne. Und sie ist nicht wieder zurückgekommen?»

Gott sei Dank beharrt Markus nicht auf den dreihunderttausend, wenngleich er ein wenig verwirrt dreinblickt.

«Nein, und ich glaube auch nicht, dass sie wieder zurückkommen wird.»

«Willst du das denn?»

«Sagen wir so: Die Frage beschäftigt mich nicht besonders. Ich vermisse sie nicht sonderlich. Wir leben offiziell ja nicht getrennt. Sie ist bei ihrer Tante. Schwierig wird es erst, wenn sie sich scheiden lassen oder wieder zurückkommen will. Ich will nur nichts tun müssen. Zum Beispiel einen Anwalt mit unserer Scheidung beauftragen. Das wäre furchtbar. Nicht wegen der Scheidung als solcher – sondern wegen dem Ärger, den das gibt.»

«Same here. Mit Babs ist es lau. Wir telefonieren, es ist nett, manchmal gehen wir zusammen essen, aber mehr läuft nicht. Kein Sex, keine Leidenschaft. Große Gefühle, große Scheiße, stimmt's?»

«Und die andere Frau da? Die, von der du so begeistert warst?»

«Ach, gar nichts mehr. Ich habe sie seit zwei Monaten nicht mehr gesehen. Hat sich so verlaufen. Es gab Streit, Ärger. Große Gefühle, große Scheiße. Interessiert mich nicht länger.»

«Dann sind wir ja einer Meinung.»

Wir beschäftigen uns ein wenig mit unseren Zigaretten: auspacken, in den Mund stecken, anzünden, rauchen. Markus bläst Rauch aus und fragt:

«Aber hör mal, was machst du dir Sorgen, wenn du dreihunderttausend in Aussicht hast?»

«Ich mach mir keine Sorgen. Es ist nur: Es ist zu wenig.»

«Was musst du denn dafür tun?»

«Weiß nicht so genau.»

«Also für dreihunderttausend würde ich alles machen.»

Ich überlege, was ich ihm antworten soll. Ich sage:

«Dreihunderttausend ist gar nichts, Freund. Dreihunderttausend ist ein Scheißdreck. Fünf Millionen, das ist eine

Summe. Darüber könnte man reden. Zehn Millionen ist schon wieder zu viel.»

«Wovon *redest* du eigentlich?»

«Ich habe so eine Maus kennengelernt. Feste Titten, strammer Arsch. Heißt Sabine, ist strohdumm. Aber tut, was ich sage, weil ich sie dafür bezahle.»

«Aha.»

«Was heißt ‹aha›. Das ist, im Augenblick wenigstens, komfortabler, als sich auch noch mit Frauengeschichten herumzuärgern.»

«Du scheinst 'ne Menge Ärger zu haben, wenn du auf so was stehst.»

«Ich *hab* 'ne Menge Ärger. Also nochmal: Sind dreihunderttausend viel Geld?»

«Nicht, wenn man das Land verlassen muss. Nicht, wenn man sich hinterher nirgends mehr sehen lassen kann. Nicht, wenn man seine … seine ganze Identität preisgeben muss.»

«Na ja», sage ich, «so kann man es auch sehen.»

Wir bestellen ein Mittagessen. Der Ober empfiehlt uns den frischen Hummer. Wir sind angetan. Hummer und eine Flasche Lacryma Christi del Vesuvio bianco 1993, bitte.

«Du wirst schon herausfinden, was du tun musst.»

«Ob du es glaubst oder nicht: Du hast mir gerade sehr geholfen mit dem, was du da gesagt hast.»

«Was hab ich denn gesagt?»

«Na, das mit der Identität.»

«Toll, freut mich. Ich sagte ja, ich helf dir gerne, wenn ich kann. Jetzt habe ich dir also geholfen. Da stellt sich mir natürlich die Frage, ob du bereit bist, auch mir zu helfen.»

Oh, das war klar. Logisch nützt er aus, dass ich das gesagt habe. Aber mir war gerade danach. Ich beschließe blitzschnell, dass es eine bestimmte Summe nicht übersteigen darf, und einige mich mit mir selbst auf zehntausend.

«Ich muss mit Babs nach Manila fliegen, sie kann da einen Dokumentarfilm über Echsen machen, die es da angeblich gibt, und ich komme mit, und hinterher machen wir Urlaub.»

«Manila.»

«Du machst dir keinen Begriff, was ein Flug dahin kostet. Da kann man natürlich nicht Economy fliegen, das bringt einen ja um.»

«Sag bitte nichts mehr. Du schuldest mir, wenn ich es richtig in Erinnerung habe, an die vierzigtausend.»

«Und du schuldest mir einen Gefallen. Hast du eben selbst gesagt.»

«Was willst du von mir?»

«Mach aus den vierzig fünfzig. Ich hab gerade ein Drehbuch für einen Werbefilm über den Flughafen in Arbeit. Honorar sechzigtausend. Da ist noch Luft. Ich kriege das Geld in drei Monaten, wenn ich fertig bin. Dann überweise ich dir deine fünfzigtausend.»

«Tja, unter diesen Umständen wäre ich ja blöd, wenn ich dir *kein* Geld mehr leihen würde. Das hört sich ja nach einem richtig tollen Geschäft für mich an.»

Mein Sarkasmus interessiert ihn nicht im Geringsten. Er erhebt das Glas auf mich. Ich erhebe meines und sage:

«Mein lieber Freund Markus, du weißt gar nicht, *wie* sehr du mir geholfen hast, deshalb machen wir es so, dass ich dir nicht zehntausend gebe, sondern zwanzigtausend. Und weil du mir mit dem, was du gesagt hast, so eine

Freude gemacht hast, musst du sie mir auch nicht zurückgeben.»

Markus hält einen ausgedehnten Moment lang völlig still. Dann nimmt er einen tiefen Schluck aus seinem Glas, stellt es ab und sagt:

«Ich weiß nicht, was ich sagen soll, Thomas, aber ich finde dich wirklich klasse.»

«Das freut mich, mein Lieber. Ich finde mich auch klasse. Und dich übrigens auch.»

35.

Als folgte ich dem Geleit einer guten Fee, gehe ich frühmorgens, gut ausgeschlafen, gut gekleidet und mit komplettem Gepäck zum Bahnhof, um zu Marianne zu reisen.

Sie hat mich angerufen und eingeladen. So einfach ist das. Sie hat gesagt: «Komm zu mir und Olivia, wir freuen uns auf dich. Olivia feiert ein Fest.» Das ist doch wirklich mal was anderes, habe ich mir gedacht, und zugesagt. Im Ernst, dass diese Einladung so unumwunden kam, ohne Wenn und Aber, ohne Bedingungen, Voraussetzungen, ohne die üblichen Gemeinheiten, das fand ich geradezu – befreiend. Deshalb ist mein Gang zum Taxi leicht, federnd, und der Taxifahrer bekommt, nachdem er mich sicher und in angenehmem Tempo zur Bahn gebracht hat, ein angemessenes Trinkgeld, für das er sich anständig bedankt.

Der für mich reservierte Platz in der Ersten Klasse des ICE ist nicht von einem Unbefugten besetzt, was ich auch schon öfter als einmal erleben musste, und ich trete meine Reise in beinahe festlicher Stimmung an, mit einem Clubsandwich, einem frischgebrauten Kaffee, einem Gläschen Champagner und einer «Frankfurter Allgemeinen Zeitung». All das bringt mir das freundliche Zugpersonal auf Bitten hin, die ich nur andeuten muss, schon wird mir jeder Wunsch erfüllt. Gut.

Ich trage weiterhin Schalkrawatten, weil auch nach über einer Woche noch deutlich die Würgemale an meinem Hals sichtbar sind, die mir Uwe beigebracht hat. Ich sorge mich ein wenig, was Marianne dazu sagen wird – und weiß ganz und gar nicht, was ich dazu sagen werde.

Marianne holt mich in Olivias Wagen, einem silbergrauen Audi TT, vom Bahnhof ab. Wir begrüßen uns mit einem beinahe schüchternen Küsschen und verbringen die Fahrt zu Olivias Haus mit unverbindlichem Geplauder, das – zumindest verstehe ich das so – einfach nur charmant sein soll. Für die Dauer meines Aufenthalts hier, das war schon dem Tonfall von Mariannes Anruf zu entnehmen, soll Friede auf Erden herrschen, sollen wir uns Zeit nehmen, herauszufinden, ob wir es «nochmal versuchen» sollten.

Selbstverständlich ist diese Idee heillos und von vornherein zum Scheitern verurteilt, dennoch wird sie von Marianne freudig verfolgt, weil sie ihr von Olivia, die sie für lebensweise hält, eingeflüstert wurde. Ich bin also gezwungen mitzuspielen, schon um mein Gesicht zu wahren, obwohl, wie gesagt, sonnenklar ist, dass es zu nichts führen wird.

Olivias Mann, der Kieferchirurg, hat sich und seiner Familie ein Grundstück an einem idyllisch gelegenen, umwaldeten See gekauft und einen Frankfurter Stararchitekten mit dem Bau eines Hauses beauftragt, das sämtliche Vorstellungen von dem, was man mit dem Wort «Einfamilienhaus» gemeinhin verbindet, höhnischem Gelächter preisgibt. Einige Details: Im ersten Stock – im ersten Stock! – befindet sich ein hundert Quadratmeter großes Schwimmbad, über das mit modernster Elektronik ein Sternenhimmel gezaubert wurde, der jedem Planetarium Konkurrenz machen kann. Es gibt zwei Weinkeller, einen für den Rotwein, einen für den Weißwein. Beide Weinkeller sind jeweils etwa so groß wie unsere Wohnung und mit einer computergesteuerten Klimaanlage ausgestattet, die jede Temperaturschwankung von mehr als einem Achtel Grad ausgleicht. Zur Bedienung der Klima- und Beleuchtungsanlage im ganzen Haus sind zwei Techniker angestellt, die den ganzen Tag in einem Heizungskeller verbringen, der aussieht wie die Kommandozentrale einer Raumstation.

Olivia empfängt uns in ihrer fünfzig Quadratmeter großen Küche, die ein französischer Designer entworfen hat, die Begrüßung fällt zunächst herzlich aus, ich scheine so dreinzublicken, dass sie sich zu der Bemerkung veranlasst sieht:

«Reichtum ist angenehm, aber man darf seine Bedeutung nicht überschätzen, Thomas.»

Ich bin verblüfft über diese Anrede. Was bildet die sich ein? Was hat ihr Marianne erzählt? Ich sage:

«Der Anblick eures Midas-Palastes deprimiert mich immer wieder, wenn ich ihn betrete.»

Olivia lacht freundlich, als hätte ich was ganz anderes gesagt, als hätte ich ihr gerade ein kleines Kompliment gemacht. Die Bedeutung des Reichtums, denke ich, kann ich gar nicht überschätzen, wenn ich die lässige, ja sogar verbindliche Unverschämtheit in Betracht ziehe, mit der Olivia übergeht, was ich sage. Egal. Eine entsprechende Geste weist Marianne und mir den Weg in eine Art Salon, der mit einigen Biedermeiermöbeln eingerichtet ist, die in angenehmem Kontrast zu dem orangefarbenen Langfaserteppich, den Original-Warhols an den Wänden stehen. Wenn

Anatol und Uwe tatsächlich Stilmöbel *verkaufen* würden, wäre hier Kundschaft. Aber das tun sie ja nicht. Wir nehmen auf einem langen, weißen Sofa Platz, eine Hausangestellte, die tatsächlich so etwas wie eine Uniform trägt, bringt uns einen Aperitif, den Olivia in der Küche für uns zubereitet hat.

Die Gäste kommen bald, erfahre ich von Marianne. Es ist Zeit, die Übernachtungsfrage zu klären, wir gehen nach oben. In *einem* Zimmer? Natürlich in *einem* Zimmer. Es ist alles schon vorbereitet. Mein Gepäck, das ich am Eingang habe stehenlassen, wurde von für mich unsichtbarem Personal hochgetragen.

«Ich freue mich, dass du gekommen bist.»

Mariannes Gesichtsausdruck steht im Widerspruch zu dem, was sie sagt. Er ist nicht erfreut, sondern kraftlos, resigniert.

«Hat das mit der neuen Werbeagentur geklappt?», frage ich.

«Ich war drei Tage dort. Dann bin ich nicht mehr hingegangen.»

Ich sehe peinlich berührt zu Boden. Sie ist offenbar schlechter dran als ich. Sie merkt, dass ich sie bemitleide, und sagt:

«Ist nicht so schlimm. Ich bin einfach noch nicht wieder so weit. Ich lasse mir Zeit. Und so lange leiste ich Olivia Gesellschaft. Sie hat mich gerne hier.»

Unsere Ehe existiert überhaupt nicht. In diesem merkwürdigen Haus, in dieser fremden Umgebung wirkt auch Marianne fremd. Ich hätte nicht herkommen sollen. Ich habe hier nichts zu suchen. Die vorweggenommene Intimität des Doppelbettes, neben dem wir stehen, passt überhaupt nicht zu uns. Ich habe nicht die geringste Lust, Marianne zu berühren, und ihre Körpersprache verrät mir, dass sie vermutlich sofort zu Asche zerfiele, wenn ich es täte. Trotzdem frage ich sie, vor allem, um meiner Rolle als angetrauter Ehegatte nachzukommen, ohne ernst zu meinen, was ich sage:

«Kommst du zurück?»

Wir sehen uns an, und nach einer Weile schüttelt sie langsam den Kopf. Ich bin beinahe erleichtert, endlich eine klare Ansage. Doch dann sagt sie:

«Ich brauche Zeit. Ganz viel Zeit.»

Ich finde, sie soll sich so viel Zeit nehmen, wie sie will.

36.

Ein Quartett wird Kammermusik zum Besten geben, die Musiker haben bereits in der für sie vorgesehenen Ecke mit ihren Instrumenten Platz genommen, Olivia begrüßt ihre Gäste, das Personal versorgt sie mit Aperitifs. Die Gesichter der Männer und Frauen, denen ich, soweit ich sie nicht kenne, vorgestellt werde, sind durchwegs alte, strahlende Larven lebenslangen gesellschaftlichen Erfolges. In einem der Spiegel, die überall in diesem Haus herumstehen und -hängen, begegnet mein Blick zufällig meinem Abbild, das ich für einen Moment wie das eines Fremden anschaue, und ich bin erstaunt, wie *gut* ich eigentlich aussehe. Aber davon spüre ich nichts. Mein berufliches Versagen, meine gescheiterte Existenz, wie man das wohl zu nennen hat, trübt meine Selbstwahrnehmung, und deshalb empfinde ich es beinahe als unerträglich unverdiente Auszeichnung, dass jetzt der Dekan der örtlichen betriebswirtschaftlichen Fakultät freundschaftlich seinen Arm auf meine Schulter legt und mich – deutlich scherzhaft, in der Gewissheit, ich werde die kleine Prüfung glänzend bestehen – fragt:

«Na, junger Freund? Wie laufen die Geschäfte?»

Oder ist diese Frage blanker Hohn? Mariannes Einzug bei Olivia, der die Folge ihres beruflichen Scheiterns war, wird ihm doch bekannt sein? Was bin ich dann in seinen Augen? Ein Mann, der seine Frau nicht ernähren kann? Weiß er, dass ich aus der Bank geflogen bin?

«Gut», sage ich, wobei mir die Stimme bricht. Ich räuspere mich und wiederhole deutlicher: «Gut», und fahre, etwas nuschelnd, fort: «Ich habe mich, äh, selbständig gemacht», und räuspere mich abermals.

Der Professor schüttelt aufmunternd meine Schulter.

«Das ist doch toll! Und in welcher Branche? Unsere Wirtschaft braucht junge Leute, die sich trauen, etwas auf eigene Faust zu unternehmen. Das ist eine Qualität, die viel zu sehr vernachlässigt wird!»

«Äh, Consulting, sozusagen. Handel mit illegalen Dopingmitteln, Drogen, Geldwäsche – solche Dinge.»

Der Professor lacht schallend und ruft Marianne, die nicht weit von uns ein Gespräch mit einem anderen Gast führt, zu:

«Haha, Marianne! Ihr Mann hat einen großartigen Humor! Wirklich, großartig!»

Dann beruhigt er sich wieder und sieht mir unverwandt in die Augen, um die Wahrheit zu hören. Also gut, denke ich, soll er die Wahrheit, die er hören will, zu hören bekommen. Dass er meine wirkliche Existenz für einen «großartigen» Scherz hält, nimmt mich sogar für ihn ein.

«Nun, ich – ich berate Banken. Ich berate Banken bei komplizierten Zwangsvollstreckungen. Ich bin – es ist alles sehr geheim.»

Mir ist jetzt selbst zum Lachen zumute, aber der Professor hält, was ich sage, offenbar für glaubwürdig, sogar für interessant. Ich sage:

«Wissen Sie, meiner Ansicht nach besteht das Problem, das wir in unserer Gesellschaft heute haben, darin, dass jedermann auf Pump lebt. Wer sich, wie Sie oder ich, sein

Geld ehrlich verdient und nur das ausgibt, was er hat, hat das System nicht begriffen. Es heißt, auf eine kurze Formel gebracht: Nimm, was du kriegen kannst, und zahl nichts zurück.»

«Finden Sie das nicht – Verzeihung – eine sehr einfältige Betrachtungsweise?»

Scheiße, das war zu plump. Ich hatte gehofft, mit einer kleinen Predigt über den Verfall der Zahlungsmoral etwas wie eine gemeinsame Basis unseres Gesprächs zu schaffen, aber das wollte er nicht hören. Vielleicht hat er selbst Schulden? Ich versuche es mit einigen Bemerkungen zum volkswirtschaftlichen Sinn des Schuldenmachens. Er nickt höflich, gelangweilt, und hört mir kaum zu. Ich unterbreche mitten im Satz und beginne einen neuen:

«Natürlich habe ich auch Kunden, die gewissermaßen spezielle Betreuung benötigen. Vollstreckungssichere Konten in Österreich und in der Schweiz.»

Scheinbar unwillkürlich kräuselt sich seine Stirn, er wendet mir beinahe ruckartig sein Gesicht zu und sagt:

«Ach.»

«Ja, ja. Natürlich», sage ich mit gesenktem Kopf.

«Und Sie haben da …?»

«… Kontakte? Die besten!», lüge ich.

«Das ist ja natürlich schon sehr spannend, nicht wahr?»

«Sehr.»

«Und was haben Sie da für eine Klientel?»

«Schwer in einem Wort zu beschreiben. Doch halt! Es gibt eines: Besserverdienende. Ja, der größte Teil kommt aus der Klasse der Besserverdienenden.»

«Wie würden Sie diesen Kreis definieren?»

«Nun, das sind die Leute, die – besser verdienen. Nicht? Besser als andere, besser, als sie erwarten durften, besser, als es dem Finanzamt gefällt. Ich finde es absolut legitim, wenn diese Leute versuchen, den realen Gegenwert für ihre harte Arbeit zu erhalten.»

Der Professor grinst ein breites Grinsen. Ich scheine seine Vorstellungen von einer anregenden Konversation endlich getroffen zu haben. Der nächste logische Schritt wäre jetzt natürlich, ihm anzubieten, sein Schwarzgeld ins Ausland zu bringen. Aber ich will nichts überstürzen, ich habe ohnehin genug Ärger.

Der Professor und ich verneigen uns dezent voreinander, ich gebe ihm meine Karte, und wir suchen uns neue Gesprächspartner. Es dauert nicht lange, da stellt mir Marianne eine Kunsthändlerin vor, die angeblich sehr daran interessiert ist, mich kennenzulernen, und mir sofort und sehr direkt erzählt, dass in ihrem Gewerbe nun mal ausschließlich bar bezahlt werde. Olivia geht an uns vorbei und raunt mir zu:

«Du erzählst sehr interessante Geschichten. Wir müssen uns darüber auch mal unterhalten.»

Ich nicke und werde beinahe verlegen wegen meines Erfolgs. Ich spreche an diesem Abend mit etwa zwanzig oder dreißig reichen Menschen, die mir, jeder auf seine Weise um Diskretion bemüht, dennoch sehr direkt zu verstehen geben, dass ich ihr Schwarzgeld nach Österreich oder in die Schweiz bringen soll. Dann lauschen wir alle dem Kammerkonzert.

So beschwingt ich mich danach dem Champagner widme und bereits ernsthaft von einer neuen Chance träume – es sollte doch nicht schwer sein, eine Möglichkeit zu finden, mit Uwes und Anatols Hilfe ein paar Nummernkonten in den Alpen zu eröffnen! –, so jäh folgt die Ernüchterung.

Und es ist ausgerechnet Marianne, die dafür sorgt. Meine Kontaktfreude hat sie, wie mir nicht entgangen ist, zuerst mit Verblüffung, später mit Argwohn beobachtet. Jetzt aber unternimmt sie es, mich in die allergrößten Peinlichkeiten *hineinzumanövrieren,* indem sie die Menschen, mit denen ich gerade gesprochen habe, darüber aufklärt, dass ich keinerlei Kontakte besitze, die zur Eröffnung von Nummernkonten wo auch immer erforderlich wären. Als ich bemerke, wie mich die Leute, die mich eben noch voller Vorfreude und Hoffnung angestrahlt haben, plötzlich, nachdem sie mit Marianne gesprochen haben, meinen Blick meiden, ziehe ich sie beinahe grob beiseite und zische sie an:

«Was redest du denn mit den Leuten da!»

Sie zischt zurück:

«Was redest *du* denn für einen Scheiß mit den Leuten. Begreifst du nicht, dass du dich bis auf die Knochen blamierst?»

«Ach was, ich *mach* das mit den Nummernkonten. Ich *hab* Verbindungen.»

«*Ich* und vor allem *Olivia* müssen mit diesen Leuten noch zusammenleben, wenn du längst wieder weg bist. Glaub mir, ich werde dafür sorgen, dass du von keinem von ihnen auch nur eine Mark bekommst.»

Sie löst ihren Arm aus meinem Griff und lässt mich einfach stehen. Das war's. Das war's dann. Ich müsste jetzt eigentlich gehen, aber das würde alles noch schlimmer machen. Es hilft nichts, nichts hilft mehr. Ich drücke mich ein wenig zwischen den Leuten herum und versuche, langsam unsichtbar zu werden. Als ich unauffällig in die Nähe einer Tür gelange, nutze ich die Chance und gehe diskret hinaus, natürlich ohne mich von irgendjemandem zu verabschieden.

37.

Die Würgemale an meinem Hals hat Marianne gar nicht bemerkt. Auch nicht, als wir uns am Bahnhof verabschiedet haben. Der Abschied fiel kühl aus. Aber natürlich wurde nichts endgültig entschieden. Bis der Zug kam, redeten wir wenig, legten die Stirn in Falten und rauchten.

Meine Ankunft zu Hause lässt mich alle Eheprobleme schnell vergessen. Das Schloss zu meiner Wohnung wurde ausgewechselt, und ich kann mir sehr gut vorstellen, von wem. Ich setze mich auf die Stufen im Treppenhaus und rauche eine Zigarette. Mein erster Impuls war natürlich, wütend zu Uwe und Anatol hinunterzulaufen und sie zur Rede zu stellen. Aber das würde sich unweigerlich gesundheitsschädigend für mich auswirken. Sicher muss ich runter zu ihnen. Aber ich muss mit ihnen wie mit Komplizen reden. Denen ist ja offensichtlich alles scheißegal. Ich meine, Dinge wie die Unverletzlichkeit der Wohnung, fremdes Eigentum, schlicht und einfach: Privatsphäre. Ich habe die schönsten Befürchtungen, wie es hinter meiner Wohnungstür aussieht.

Uwe und Anatol empfangen mich mit so einer Scheißfreundlichkeit in ihrem Büro, die mir Sorgen macht. Sie entschuldigen sich für die Unannehmlichkeiten, die ich wegen des Schlosses habe, aber ich sei weg gewesen, ohne mich abgemeldet zu haben, da hätten sie handeln müssen, ohne mich zu fragen, schließlich hätten sie nicht gewusst, wann ich wiederkäme, und die Kundschaft könnten sie ja schlecht warten lassen.

Natürlich, das kann man schlecht.

«Und, äh, bekomme ich – ich meine, gibt es für mich auch einen Schlüssel. Zu *meiner* Wohnung, meine ich?», lautet meine vorsichtige Frage.

Klar, aber sicher, logisch, ist die amüsierte Antwort der beiden. Sie lachen ein bisschen. Dann wird Uwe ernst und sagt:

«Pass auf: Wir sind nicht unbedingt glücklich, dass du ausgerechnet heute hier wieder aufkreuzt. Wir dachten, du wärst eine Weile in den wohlverdienten Urlaub gefahren. Aber jetzt bist du eben wieder da. Auch gut. Das heißt, dass du jetzt wieder im Dienst bist. Und es gibt eine ganze Menge zu tun.»

Er macht eine Kunstpause und sieht mich streng an. Ich sage nichts und warte darauf, dass er fortfährt.

«Heute Nacht um zwei kommt nämlich der Onkel Doktor mit der Medizin, und wir machen die Übergabe in deiner Wohnung. Es ist alles vorbereitet. Ich habe die dreihunderttausend, und wir sind so weit. Um uns die Zeit zu vertreiben, gehen wir nachher ins ‹Funkadelic› und machen ein bisschen Spaß. Ich würde vorschlagen, dass du mitkommst und uns Gesellschaft leistest.»

«Selbstverständlich komme ich mit. Aber ich würde mich gerne ein bisschen frisch machen. In meiner Wohnung. Geht das?»

«Anatol wird dich begleiten.»

Es gibt also tatsächlich keine Möglichkeit, allein in meine Wohnung zu kommen. Nun gut. Anatol hält mir den Schlüssel vor die Nase, ich will ihn nehmen, er zieht ihn weg und geht mir voran.

Den Flur haben sie vollständig ausgeräumt. Das Wohnzimmer auch. Alle Bilder und Vorhänge sind abgenommen, die Fenster mit schwarzer Folie verklebt. Ich stehe in der Mitte des Raumes, drehe mich langsam um die eigene Achse und schüttle mit offenem Mund den Kopf. Nach einer vollständigen Drehung frage ich Anatol leise:

«Bitte, bitte, bitte, Anatol. Nenn mir einen, nur einen einzigen vernünftigen Grund für diesen Scheiß hier. Und sag mir vor allem: Wo sind meine Sachen?»

«Die Sachen sind alle nebenan in deinem Arbeitszimmer. Das ist jetzt allerdings voll bis unter die Decke. Komm, zieh dich jetzt um.»

«Äh, Anatol – du hast den Teil der Frage, der mich am meisten interessiert, nicht beantwortet.»

Anatol grinst und schickt mich mit einer Kopfbewegung ins Bad. Ich hole mir frische Klamotten aus dem begehbaren Kleiderschrank im Flur – den haben sie nicht angerührt – und gehe mich frisch machen.

Es ist noch ziemlich früh, als wir im «Funkadelic» ankommen, kurz nach neun. Es läuft so eine Art psychedelischer Soul aus den Siebzigern, der gut zu meiner Stimmung und meinem Anzug passt. Ich habe keine große Angst. Ein bisschen, aber nicht unangenehm. Es wird jetzt alles, was geschehen muss, mit großer Unabänderlichkeit geschehen, da bin ich mir sicher. Ich fühle mich fast so wie zu den Zeiten, als ich noch in der Bank war, wenn zum Beispiel eine harte Verhandlung mit einem Schuldner bevorstand. Einfach Schritt für Schritt das Notwendige tun, sich nicht ablenken lassen, dann erhält man am Ende das gewünschte Ergebnis.

Uwe und Anatol ziehen die übliche Nummer ab – die Stammplätze an der hinteren Bar einnehmen, Johnny Walker Black Label ordern, Sprüche klopfen, Muskeln herzeigen, auf dem Klo verschwinden, koksen.

Sabine kommt. Wir begrüßen uns, als wären wir ein Paar, umarmen uns, küssen uns, Uwe und Anatol sehen mäßig interessiert zu. Ich lege meinen Arm um Sabines Schultern und flüstere ihr ins Ohr:

«Kommst du mit?»

«Wohin denn?»

«Auf die Tanzfläche.»

Sie nickt, wir gehen und tanzen ein bisschen. Die Tanzfläche ist noch leer, außer uns tanzt niemand. Ich sehe sie mir an beim Tanzen, sie bewegt sich gut und sexy, ich denke mir: Na klar weihe ich sie ein.

Auf dem Weg zurück zur Bar sage ich zu ihr:

«Wenn du Lust hast, mit mir einen kleinen Urlaub zu machen, treffen wir uns heute Nacht um vier hier vor dem ‹Funkadelic›.»

Sie sieht mich fragend an, ich mache ein ernstes Gesicht, das bedeuten soll: keine Fragen. Sie versteht. Und nickt! Ich frage zur Sicherheit:

«Du bist da?»

Sie nickt nochmal. Das ist cool.

Später, als Uwe und Anatol vom Klo zurückkommen, während ich an der Bar mit Sabine herumgemacht habe, gebe ich den beiden ein Zeichen, dass ich aufs Klo gehen will, eine Nase nehmen. Sie winken ab und deuten an, dass sie ja gerade da waren, also gehe ich allein. Neben der Klotür ist ein Telefon, ich wähle Bellmanns Privatnummer.

«Hi, hier ist Schwarz.»

«Schwarz? Was willst du denn?»

«Ich war fleißig.»

«Was soll das heißen?»

«Das soll heißen: Ich weiß jetzt, dass Uwe und Anatol Strohmänner der Furnituro GmbH sind.»

«Beweise?»

«Ich. Ich bin dein Zeuge. Sie haben es mir selbst erzählt. Sie haben mir haarklein erklärt, wie ihr Geschäft läuft, wer daran beteiligt ist und so weiter. Ich habe Namen, ich habe Details, ich weiß alles, was du wissen musst, um gegen sie vollstrecken zu können.»

«Und das soll ich dir glauben?»

«Na, wenn nicht, dann vergiss es!»

«Dochdoch! War ja nur 'ne Frage. Was sollen wir tun?»

«Besorg dir einen Durchsuchungsbefehl, einen Gerichtsvollzieher und ein paar Knochenbrecher. Und dann komm genau um Viertel nach zwei Uhr heute Nacht zum Fitness-Studio. Genau um Viertel nach zwei, hörst du? Keine Minute früher und keine später. Uwe, Anatol und vermutlich noch ein paar andere Figuren, ich eingeschlossen, werden da sein. Ihr könnt alles pfänden, was ihr wollt. Geräte, Maschinen, Möbel, die Kasse, den Tresor, alles.»

«Und du?»

«Sie halten mich für ihren Verbündeten. Sobald ihr da seid und euren Job macht, bin ich weg. Deine Leute müssen mir den Weg zur Tür frei halten. Das ist meine einzige Bedingung. Neben der Aufstockung der Abfindung natürlich.»

«Bedingung?»

«Wenn das nicht läuft, bin ich nicht dein Zeuge. Und natürlich auch nicht, falls du mich verpfeifen solltest. Uwe und Anatol werden im Gerichtssaal von mir höchstpersönlich verpfiffen. Kein Wort von dir vorher, hörst du? Wenn du einen Fehler machst oder mich verrätst, habe ich auf der Stelle alles vergessen.»

«Und was machst du dann?»

«Ich fahre ein bisschen in Urlaub, bis ihr die Sachen hier geregelt habt.»

«Ich bin um zwei da.»

«Um Gottes willen nein, Bellmann. Um Viertel nach zwei. Um Viertel nach zwei. Wenn du früher kommst, vermasselst du alles. Okay?»

«Okay, um Viertel nach zwei.»

Ich hänge ein. Als ich wieder zur Bar komme, meint Uwe, ich solle mit dem Koks nicht übertreiben, wir hätten noch was vor heute Nacht. «Aber was denn!», rufe ich gutgelaunt und schnappe mir Sabine, um noch ein bisschen zu tanzen. Ich fühle mich so locker in den Hüften wie schon lange nicht mehr.

38.

Das weiße, ungefilterte Licht im Büro des Fitness-Studios tut unserem Aussehen nicht gut. Anatols Nasenlöcher sind von zwei entzündeten roten Ringen eingefasst, seine blau-bräunlichen Augenringe reichen bis zu den Wangenknochen. Er starrt mit halbgeöffnetem Mund zur Decke, seine Bronchien rasseln bei jedem Atemzug. Uwes Augen sind rot wie zwei Kirschen, er reibt sie sich ständig und zählt die Scheine auf dem Schreibtisch. Es sind dreihundert Banderolen mit jeweils zehn Hundertern. In einer Stunde kommt der Onkel Doktor. Ich frage Uwe:

«Stimmt's?»

«Stimmt schon, stimmt schon. Ich hab nichts, wo wir das reintun können. Wo können wir das reintun?»

Ich bin überrascht, wie nervös die Jungs sind. Schließlich ist das ihr Job. Ich bin auch aufgeregt. Aber bei mir geht es um meinen Arsch, bei den beiden ja nur um ein Geschäft. Das ist doch ein Unterschied. Ich sage:

«Ich habe so einen Samsonite-Koffer oben. Der ist nicht groß, so ein kleiner Handkoffer für das Handgepäck im Flugzeug. Der würde genau passen.»

Uwe mustert mich nachdenklich. Dann sagt er zu Anatol:

«Holt den mal.»

Wir gehen in meine Wohnung hoch und holen den Koffer. Auf dem linken Verschluss ist ein «T» aufgeklebt, auf dem rechten ein «S» – meine Initialen. Ich frage Uwe:

«Stören die?»

Uwe überlegt, fragt mich:

«Wenn's dich nicht stört?»

«Mich stört's nicht.»

Uwe packt das Geld hinein, schließt den Koffer ab und stellt ihn neben dem Schreibtisch auf den Boden.

«Ich verdrehe die Zahlenschlösser. Der Onkel Doktor wird sicher einen Weg finden, das Ding aufzubrechen.»

Ich weiß zwar nicht, was eigentlich dagegen spricht, dem Doktor die Nummernkombination zu sagen, aber ich halte den Mund.

Wir warten.

Wir gehen alle drei in verschiedenen Richtungen im Büro des Fitness-Studios auf und ab und rauchen Kette. Nach jeder Zigarette, die Uwe auf einem Teller auf dem Schreibtisch ausdrückt, sagt er angewidert: «Scheißqualmerei.»

Beim Aufundabgehen und Rauchen, Rauchen, Rauchen bekomme ich allmählich einen Begriff davon, was es bedeutet, eine *Höllenangst* zu haben, und mich überkommt ein großes Bedürfnis nach Reue. Aber was soll ich bereuen? Ich bereue, dass ich in Gefahr bin, sofern man das überhaupt bereuen kann. Was, wenn Bellmann vor dem Onkel Doktor hier einläuft? Habe ich ihm deutlich genug gesagt, dass er ja keine Minute früher als Viertel nach zwei kommen soll? Ich denke schon. Aber was, wenn der Onkel Doktor zu spät dran ist? Was, wenn Bellmann es nicht mehr erwarten kann und einfach jetzt schon hier reinstürmt? Dann bringt mich Uwe um. Daran ist kein Zweifel möglich. Ich versuche, mir für den Fall der Fälle

Ausreden auszudenken. Aber ich habe, während ich hier so auf und ab gehe im ungesunden Neonlicht, ganz deutlich den Eindruck, dass mein Gehirn ausschließlich aus gequirlter Scheiße besteht. Also rauchen, rauchen, rauchen, bis es klingelt.

Es klingelt.

Wir bleiben alle drei stehen und schauen uns erschrocken an, als wäre das etwas Unvorhergesehenes, als hätten wir nicht gerade darauf gewartet. Uwe behält die Fassung. Er holt einen Totschläger – eine elegante kleine Stahlrute mit Hartgummigelenk über dem Schaft – aus der Schreibtischschublade und geht zur Tür, die Anatol und ich von unserem Standort aus nicht sehen können.

Stille, dann Schritte. Es kommt, wie es kommen muss. Uwe führt einen Mann herein, der nicht Bellmann ist und auch nicht aussieht wie ein Knochenbrecher. Niemand begleitet ihn, folglich muss es sich um den Onkel Doktor handeln. Ich traue meinen Schlüssen nicht so ganz, aber ich verspüre eine Erleichterung geradezu lächerlichen Ausmaßes, als Uwe sagt:

«Setzen Sie sich, Herr Doktor.»

Der Mann will sich nicht setzen, wie er andeutet. Er hat ein feines, hartes, arrogantes Gesicht. Er sagt:

«Meine Begleitung ist mit der Ware im Auto. Ich will keine Zeit verlieren. Wie soll es jetzt weitergehen?»

«Wir haben einen Ort vorbereitet, an dem die Übergabe stattfinden kann und wo wir uns in Ruhe mit der Qualität der Ware und dem Geldzählen beschäftigen können», sagt Uwe, jetzt doch ziemlich lässig.

«Können meine Leute mitkommen?»

«Selbstverständlich. Aber sie werden sich die Augen verbinden lassen müssen, wie Sie auch.»

Ich bin angespannt, wie ich es, glaube ich, in meinem Leben noch nie gewesen bin, aber bei der Vorstellung, wie der Herr Doktor zusammen mit seinen «Leuten» mit verbundenen Augen in meine und Mariannes Wohnung hochstiefelt, bekomme ich einen Lachanfall. Ich pruste ziemlich hysterisch los, alle sehen mich empört und drohend an, ich fasse mich wieder, aber es fällt schwer.

Der Doktor ist mit dem Augenverbinden einverstanden. Vielleicht hält er das für ein Zeichen von Gangsterprofessionalität. Er fragt, ob er telefonieren dürfe. Telefonieren? Jetzt? Großes Palaver, große Aufregung. Er will mit seinem Handy telefonieren, ach so, mit seinem Handy, das ist etwas anderes, aber nur ein Gespräch und nur ganz kurz. Der Doktor wählt eine Nummer, lauscht an dem Gerät, sagt streng: «Kommt rein!», schaltet es aus und steckt es wieder weg.

Es klingelt. An der Tür. Ich fühle Benzin in meinen Adern. Bellmann? Oder die «Leute» vom Herrn Doktor? Uwe sieht mich an und deutet Richtung Tür, locker, beinahe freundlich. Ich gehe hin und öffne. Wer steht vor mir? Wieder nicht Bellmann. Zwei Männer. Die «Leute» des Doktors, ganz ohne Zweifel. Sie sehen so aus, wie man sie sich ausgedacht hätte. Ziemlich jung, ziemlich verdruckst, eindeutig negative Ausstrahlung. Ich bin glücklich, fast. Jetzt sind wir komplett, fast. Jetzt muss nur noch Bellmann mit seiner Truppe hier einlaufen, und die Party kann losgehen.

Uwe begrüßt die beiden Hampelmänner des Doktors verbindlich mit Handschlag. Er fragt:

«Wo ist die Ware?»

Der Doktor lächelt spitz und stellt die Gegenfrage:

«Wo ist das Geld?»

«Wie gesagt, die Übergabe findet in einem eigens präparierten Raum statt. Sie, Herr Doktor, haben darum gebeten. Und mir ist es auch recht. Wenn wir die Übergabe dort machen, können Sie niemandem verraten, wo sie stattgefunden hat – selbst wenn Sie es wollten. Nur: Wer bringt jetzt die Ware rein?»

Ich fasse es nicht, wie die sich anstellen. Warum nicht einfach: Ware rein, Geld raus, und fertig? Klar, die haben Angst, alle. Die haben alle die Hosen gestrichen voll. Sind der Doktor und seine Leute bewaffnet? Haben Uwe und Anatol Wummen? Hat man vor, sich hier gegenseitig umzubringen, oder soll ein Geschäft abgewickelt werden?

Ich flüstere zu Anatol, neben dem ich stehe:

«Wo ist das Problem, Mensch?»

Er knurrt:

«Halt's Maul, sonst bist du das Problem. Uwe lässt sich Zeit. Er will die Leute kennenlernen, mit denen er Geschäfte macht. Alles Taktik.»

Es klingelt.

39.

Keiner rührt sich, keiner macht einen Mucks. Keiner hat die passende Taktik. Es klingelt nochmal. Ganz ohne Zweifel befindet sich jemand an der Tür, der gern hereingelassen werden möchte. Ich weiß ja auch, wer, trotzdem bin ich genauso überrascht wie alle anderen.

Diesmal wird Anatol zum Aufmachen geschickt. Als er öffnet, wird es sofort laut. Männergebrüll. Bellmann kommt. Er marschiert in einer Art Stechschritt ins Büro. Hinter ihm Anatol, der den Gerichtsvollzieher Schmidt am Arm festhält. Schmidt wedelt mit einem Stück Papier in der Luft herum. Hinter Schmidt vier Männer, die ich nicht kenne. Männer in anthrazitfarbenen Anzügen mit Kaufhauskrawatten um ihre Stiernacken und kurzgeschorenen Haaren. Uwe steht auf. Bellmann schreit:

«Sitzen bleiben!»

Uwe ist einen Moment unschlüssig. Dann setzt er sich wieder, winkt mich zu sich. Bellmann schreit:

«Hier wird jetzt aufgeräumt!»

Er geht auf Uwe zu:

«Ihr wolltet die Bank sprengen, wie? Und jetzt sprengt die Bank euch!»

Uwe bemüht sich, gelassen zu bleiben:

«Ich weiß nicht, wovon Sie reden. Ich habe keine Schulden bei Ihnen. Meine Partner haben keine Schulden bei Ihnen. Und Sie begehen Hausfriedensbruch.»

Bellmann lacht höhnisch und wendet sich seinen Leuten zu:

«Wir fangen jetzt an, den Laden systematisch zu durchsuchen und auszuräumen.»

Er gibt Anweisungen, wer was durchsuchen soll. Ich bin unterdessen zu Uwe hingegangen. Er flüstert mir zu:

«Hör mal, mein Freund. Ich hoffe, du hast mit dieser Scheiße nichts zu tun. Falls ich je herausbekommen sollte, dass doch – bringe ich dich um. Das ist mein Ernst.»

So wie er mich ansieht, glaube ich ihm, dass es sein Ernst ist. Er fährt fort:

«Du bist der Einzige von uns, den sie ohne Tamtam gehen lassen. Also nimm den Koffer und sag, da sind deine Sachen drin, wenn er dich fragt. Und morgen bringst du ihn mir wieder. Ich schwör's dir: Wenn auch nur ein Hunderter fehlt, schlage ich dich zu Brei.»

Ich nicke. Bellmann brüllt in unsere Richtung:

«Was gibt's zu quatschen?»

Ich räuspere mich, stehe auf, nehme den Koffer in die Hand. Bellmann sieht mich an, als erwarte er eine Erklärung. Ich sage:

«Ich habe mit dieser Angelegenheit nichts zu tun. Ich möchte gehen.»

«Niemand hindert Sie daran. Gehört der Koffer Ihnen?»

«Ja, das ist mein Koffer. Ich möchte ein wenig verreisen und wollte mich nur von meinen Nachbarn hier verabschieden.»

Bellmann winkt mich weiter wie ein Verkehrspolizist. Eigentlich wollte ich ihm noch die Initialen auf dem Koffer zeigen – *meine* Initialen. Aber er interessiert sich gar nicht mehr für mich. Also spaziere ich geradewegs aus dem Fitness-Studio hinaus. An der Tür höre ich noch, wie der

Herr Doktor anfängt, umständlich zu erklären, dass er jetzt auch gehen müsse. Ich denke mir: Steh doch einfach auf und geh, sie können dir gar nichts tun …

Ich kann es kaum glauben, als ich die Tür hinter mir zuziehe. Ich bin da einfach rausgegangen, mit einem Koffer, in dem dreihunderttausend Mark sind und die ab sofort zu meiner freien Verfügung stehen. Ich darf mich jetzt nur nicht aus der Ruhe bringen lassen.

Ich renne hinunter in die Tiefgarage und springe in meinen Subaru. Ich fahre zum «Funkadelic». Ich muss mir Mühe geben, langsam zu fahren, muss mir klarmachen, dass ich – im Augenblick wenigstens – nicht verfolgt werde. Bellmann wird jetzt das gesamte Fitness-Studio und das gesamte «Stilmöbelparadies» filzen. Das wird mindestens zwei Stunden dauern. Dann werden sie alles ausräumen, was auch nur eine Mark wert ist. Das wird nochmal mindestens zwei Stunden dauern. Bis dahin bin ich längst im Ausland. Uwe und Anatol haben natürlich nicht die geringste Ahnung, wo ich hinfahre. Noch sicherer wäre es, ich würde ohne Sabine fahren. Immerhin könnte sie mich bei den beiden verpfeifen. Aber solange ich das Geld habe, wird sie das nicht tun. Und ich will mir den Spaß nicht nehmen, mit einer hübschen Frau an meiner Seite in den kleinen Urlaub zu fahren, den ich mir ausgedacht habe.

Ich komme vor dem «Funkadelic» an und parke direkt vor dem Eingang. Mir ist klar, dass so eine Nummer nur zulässig ist, wenn man einen Jaguar, einen Rolls oder wenigstens einen Benz fährt, aber auf solche Feinheiten kann ich jetzt keine Rücksicht nehmen. Ich gehe die Stufen zum Eingang hoch, und der Türsteher, der weiß, dass ich ein

Freund von Uwe bin, empfängt mich mit einem dreckigen Grinsen:

«Irrer Schlitten, das.»

«Ist ein Subaru. Du glaubst ja nicht, was der unter der Haube hat. Wenn ich mal mehr Zeit habe, geb ich dir die Schlüssel.»

Er lacht, ehrlich angewidert. Ich frage ihn:

«Hast du Sabine gesehen?»

«Ist auf der Tanzfläche. Amüsiert sich, soweit ich sehen konnte.»

Ich gehe hinein, bestelle bei einem der herumlaufenden Kellner einen Whisky-Cola und suche vom Rand aus die Tanzfläche ab. Die Musik, die läuft, kenne ich, sie ist von James Brown.

Tatsächlich, da ist Sabine, sie tanzt engumschlungen mit einem Typen, der bestimmt keinen Subaru fährt: so ein schmerbäuchiger Kerl im zweireihigen Anzug mit Einstecktüchlein. Ich gehe hin und tippe ihm auf die Schulter. Er reagiert nicht. Nochmal, etwas fester. Er lässt Sabine los und dreht sich, ziemlich abrupt zu mir her:

«Was wollen Sie denn?»

«Meine Frau abholen», sage ich.

Er weicht verdattert zur Seite. Ich wende mich zu Sabine:

«Kommst du mit für ein paar Tage nach Monaco?»

«Nach wohin?»

«Monaco. Bisschen Geld ausgeben.»

Sabine sieht sich um, der Typ mit dem Einstecktüchlein hat sich getrollt, dann sieht sie mich wieder an und sagt:

«Warum nicht?»

40.

Was aber, frage ich Sie, sind dreihunderttausend, wenn man einen vermutlich sehr, sehr ärgerlichen Gorilla wie Uwe an den Fersen hat? Nicht viel, da gebe ich Ihnen recht. Genau genommen: gar nichts. Bei sechsunddreißig mal dreihunderttausend sieht die Sache schon ein bisschen anders aus. Na? Wie viel wäre das? Richtig: zehn Komma acht Millionen. Ich hab's noch nicht genau durchgerechnet, aber ich glaube, damit wäre ich für die nächsten hundert Jahre versorgt, mindestens.

Ich fahre mit Sabine nach Monaco, gehe ins Casino und setze das ganze Geld auf die Null. Und wenn ich gewinne, bin ich um zehn Millionen fünfhunderttausend Mark reicher. Das ist doch ein toller Plan, finden Sie nicht? Natürlich finden Sie das! Ich auch.

Die Wahrheit ist, dass ich aus dem Kichern nicht mehr herauskomme, seit ich mit Sabine in meinem Subaru sitze und mit hundertsechzig Kilometer pro Stunde Richtung Monaco presche. Ja, so schnell fährt er, mein tapferer kleiner Japaner, ob Sie es glauben oder nicht. Ich rauche Kette, und Sabine ist die Sache nicht ganz geheuer.

«Was haben wir denn jetzt vor?», fragt sie vorsichtig.

Oh, sie ist wirklich reizend, finden Sie nicht? Was ich vorhabe? Das weiß ich selbst noch nicht so genau. Um sie zu beruhigen, sage ich:

«Ich will ein bisschen Urlaub machen mit dir.»

Ich verzichte darauf, sie in die Einzelheiten einzuweihen, vorerst. Es würde ihr doch nur Angst machen. Das Radio läuft, der Verkehrsfunk meldet: Derzeit liegen keine Meldungen vor. Die Nachrichten: nichts über das, was heute Nacht geschehen ist. Und auch morgen wird es keine Meldung darüber geben. Was geschehen ist, ist nichts fürs Radio. Schließlich habe ich keine Bank überfallen oder so was. Trotzdem schalte ich jede Viertelstunde wieder den Nachrichtenkanal ein. Nichts. Eigentlich sollte ich glücklich sein. Was heißt *eigentlich?* Ich *bin* glücklich.

Es ist früh am Morgen, als wir die Grenze nach Italien überqueren. Klarer Himmel, wahrscheinlich wird das Wetter schön. Die Autobahnen sind leer, und wir brettern mit Vollgas Richtung Ligurien. Verkehrstafeln am Straßenrand verraten, dass wir durch die Lombardei fahren. Dunkel erinnere ich mich, dass dies eine geschichtsträchtige Gegend ist. Die Autobahnen aber, die durch sie hindurchführen, sind schnurgerade, man sieht nichts als Wiesen und Felder, nichts, was einen beunruhigen oder vom Fahren ablenken würde. Ich fühle mich nicht anders, als würde ich durch die sibirische Steppe fahren. Der einzige Unterschied ist vermutlich der Zustand der Straßen.

Sabine ist eingeschlafen. Sie hat die Lehne des Beifahrersitzes schräg gestellt, ihr Gesicht ist mir zugewandt, ihr Mund steht halb offen. Sie sieht so entspannt aus, wie ich sie noch nicht gesehen habe. Ich zünde mir noch eine Zigarette an. Ich bin kein bisschen müde, was vermutlich daran liegt, dass mein Körper in den vergangenen zwölf Stunden mehr Adrenalin produziert hat als in den fünfunddreißig Jahren davor zusammengerechnet.

Sosehr ich es auch versuche: Es gelingt mir nicht, über

den bevorstehenden Abend im Spielcasino hinauszudenken. Und es ist auch wirklich nicht nötig. Wir werden in Monaco ankommen und ein exquisites Hotel gegenüber dem Casino beziehen. Ich meine, das muss es doch geben, ein exquisites Hotel gegenüber dem Casino? Aber sicher. Ich schätze, so gegen Mittag werden wir ankommen. Eine Suite, bitte, mit Blick auf die Côte d'Azur und extragroßer Badewanne, wenn sich das einrichten lässt. Geht das bitte? Danke. Ich werde mit Sabine und einer Flasche Champagner ein ausgedehntes Bad nehmen und sie dann in aller Ruhe vögeln. Dann werden wir uns eine Kleinigkeit zu essen bringen lassen und anschließend ein wenig schlafen. Am frühen Abend werden wir losgehen, um uns in den erstklassigen Boutiquen, die im Hotel oder in seiner Nähe zu Dutzenden exquisiteste Couture anbieten, ein paar Klamotten zu kaufen. Ich werde mir einen Smoking zulegen, den ersten meines Lebens. Und Sabine bekommt ein Kleid, in dem sie jeder im Casino für einen Filmstar oder für eine amerikanische Milliardärin halten wird. Mindestens. Wir werden wieder unsere Suite aufsuchen und uns für den Abend zurechtmachen. Ich werde mir von einem eigens dafür eingestellten Lakaien des Hotels – so was haben die doch, wie ich hoffe! – die Fliege binden lassen, weil ich das nicht kann. Sabine wird den außerordentlichen Duft auflegen, mit dem ich sie zuvor beschenkt habe. Wir werden uns in dem bis zum Boden reichenden Barockspiegel unserer Suite betrachten und feststellen, dass wir aussehen wie ein Fürstenpaar, für die Yellow Press erfunden. Ich werde ans Telefon gehen und bei der Rezeption eine Pullman-Limousine bestellen. Wenn es denn möglich sein sollte, eine weiße, bitte. Aber selbstverständlich ist es möglich, Monsieur. Wir werden in den Wagen einsteigen, eilfertiges Personal wird dabei nach Sabines Kleid sehen.

Wir werden die hundert Meter zum Casino in dieser Limousine zurücklegen, dort wird sie vor das imposante Portal rollen. Das dortige Personal wird in der von ihm erwarteten Demut herbeispringen und uns die Türen öffnen. Wir werden aussteigen und dabei das herrliche Lächeln von künftigen Königen auf unseren Gesichtern tragen. Durch riesige Portale und Hallen werden wir schreiten, unter den neugierigen und bewundernden Blicken aller Anwesenden. Ich werde Jetons kaufen. Mit der größten denkbaren Beiläufigkeit werde ich für dreihunderttausend Mark Jetons kaufen. Dann werden wir uns einen Spieltisch aussuchen. Den, an dem sich die meisten Spieler befinden. Beim nächsten Spiel werden wir das Maximum auf die Null setzen. Wie hoch ist das Maximum in Monte Carlo? Zehntausend? Zwanzigtausend? Egal. Wir werden auf die Null setzen. Immer auf die Null. Den ganzen Abend lang. So lange, bis die dreihunderttausend weg sind. Dann werden wir die Hallen mit dem gleichen königlichen Lächeln wieder verlassen, mit dem wir sie betreten haben.

Wird es so kommen? Ich fürchte, Sabine wird da nicht mitmachen. Jedenfalls nicht beim zweiten Teil meines Plans, dem Nullplan. Sie wird mich für verrückt halten, für geistesgestört, und alles kaputtmachen mit ihrem Geheule. Egal. Wir könnten natürlich auch einfach in so einer Suite leben, bis uns das Geld ausgeht. Auf die eine oder andere Art sollte es einem in Monaco doch gelingen, in einem überschaubaren Zeitraum dreihunderttausend Mark durchzubringen. Da bin ich zuversichtlich, darum will ich ja unbedingt nach Monaco. Und wenn erst mal das Geld weg ist, wird sofort auch Sabine weg sein. Darum wollte ich ja unbedingt Sabine dabeihaben, nicht etwa Marianne. Wenn das Geld und Sabine weg sind, werde ich in Monaco nicht die geringste Chance haben, wieder auf die Beine zu kommen. Niemand kennt mich dort, und wer dort kein Geld hat, den will auch niemand kennen. Und deshalb wird es mir am Ende dort leichter fallen als irgendwo sonst auf der Welt, endgültig loszuwerden, was ich ohnehin nie besessen habe: eine Identität.